# 鱼雁尺牍

## ——古代书信集锦

刘小乔　编著

全国百佳图书出版单位
时代出版传媒股份有限公司
黄　山　书　社

**图书在版编目(CIP)数据**

鱼雁尺牍——古代书信集锦 / 刘小乔编著. — 合肥：黄山书社，2015.7
（古典新读·第2辑，中国古代的诗书意趣）
ISBN 978-7-5461-5190-8

Ⅰ. ①鱼… Ⅱ. ①刘… Ⅲ. ①书信集－中国－古代 Ⅳ. ①I262

中国版本图书馆CIP数据核字（2015）第176800号

鱼雁尺牍——古代书信集锦
YUYAN CHIDU　GUDAI SHUXIN JIJIN
刘小乔 编著

出 品 人　任耕耘
总 策 划　任耕耘　蒋一谈
执行策划　马　磊　钟　鸣
项目总监　马　磊　高　杨
内容总监　毛白鸽
编辑统筹　张月阳　王　新
责任编辑　周挺启
图文编辑　晏一群
装帧设计　李　娜　李　晶
图片统筹　DuTo Time
出版发行　时代出版传媒股份有限公司（http://www.press-mart.com）
　　　　　黄山书社（http://www.hspress.cn）
地址邮编　安徽省合肥市蜀山区翡翠路1118号出版传媒广场7层 230071
印　　刷　安徽联众印刷有限公司
版　　次　2015年10月第1版
印　　次　2015年10月第1次印刷
开　　本　710mm×875mm　1/32
字　　数　139千
印　　张　5.75
书　　号　ISBN 978-7-5461-5190-8
定　　价　26.00元

服务热线　0551-63533706
销售热线　0551-63533761
官方直营书店（http://hsssbook.taobao.com）

# 前言

书信是一种向特定对象传递信息、交流思想感情的应用文书，有“书”“简”“札”“启”“笺”“帖”“表”“疏”“函”“封事”“尺牍”“尺素”等不同的称谓。在我国浩如烟海的古文卷帙中，书信体散文可谓是一朵灿烂的奇葩，以其强烈的个性风格、丰富的真情实感，达到了新的文学审美高度。

我国书信的历史源远流长，经历了从公函文书到文人信笺、寻常家书的演变过程。特别是两汉时期，书信打破了以往只为王公贵族、官僚士大夫使用的局面，真正成为抒发个人情感的载体。到魏晋南北朝时期，书信更是蓬勃发展，文人不仅以书信讨论时事、畅谈文学、举荐人才、联络友情，还以其彰显才气。如《与吴质书》《报秦嘉书》等以骈体文写成的书信，语言优美，对仗工整，不失为情感、艺术俱佳的书信体散文。唐宋是书信的成熟时期，摆脱了六朝时的浮艳文风，融叙事、议理和抒情为一体，使书信的写作艺术达到了炉火纯青的境界。受韩愈、柳宗元古文运动的影响，书信的实用性增强，文人们将自己的悲欢离合、踌躇满志与当时的社会形势联系起来，针砭时弊，写成了许多讨论文艺、政治的名篇佳作。到明清时期，虽然受到八股取士和文字狱的影响，书信艺术的发展进入低潮期，但依然出现了许多直抒胸臆的书信作品。同时，这一时期对前人书信的整理、刊行，也为后世书信研究提供了珍贵的资料。

历代文学名家辈出，其以真挚的情感、严谨的态度写作，为后人留下了诸多书信佳作。这些作品或是抒发个人情感，或是描摹社会时政，或是讨论品德修养，内容丰富而充满智慧，徜徉在其中，必将是一次难得的精神体验。本书精选了历代的一些书信名篇，加以解读，希望与读者一起品味古典文化之魅力。

# 目录

## 上书



## 家书

## 与友人书

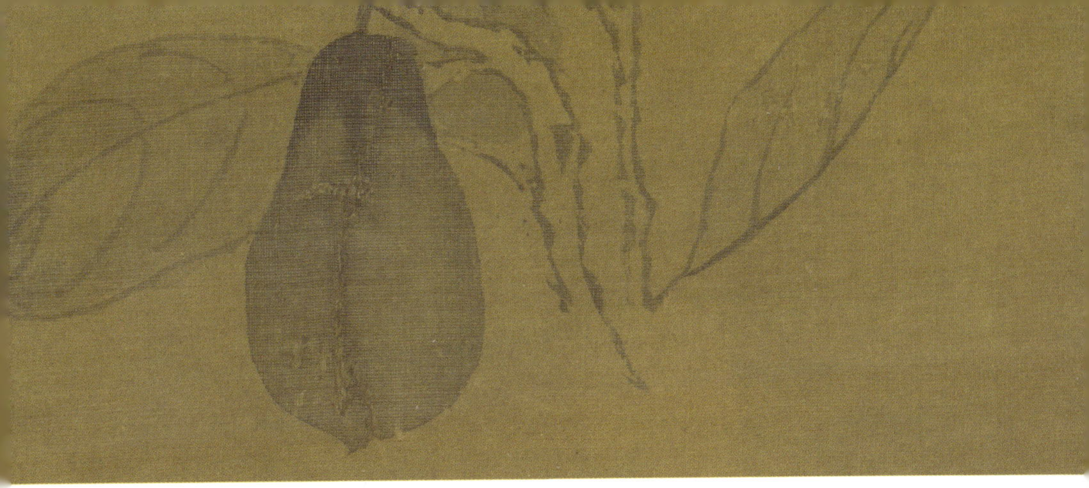

# 上书

上书在古代主要指臣下向君主进呈的书面意见，其内容不仅涉及国事、政事等，也极为鲜明地展示了上书者的思想和感情。

# 乐毅《报燕王书》

臣不佞①，不能奉承先王之教，以顺左右之心，恐抵②斧质之罪③，以伤先王之明，而又害于足下之义，故遁逃奔赵。自负以不肖之罪，故不敢为辞说。今王使使者数之罪，臣恐侍御者④之不察先王之所以畜幸臣之理，而又不白于臣之所以事先王之心，故敢以书对。

臣闻贤圣之君，不以禄私其亲，功多者授之；不以官随其爱，能当者处之。故察能而授官者，成功之君也；论行而结交者，立名之士也。臣以所学者观之，先王之举措，有高世之心，故假节于魏王⑤，而以身得察于燕。先王过举，擢之乎宾客之中，而立之乎群臣之上，不谋于父兄，而使臣为亚卿。臣自以为奉令承教，可以幸无罪矣，故受命而不辞。

先王命之曰："我有积怨深怒于齐，不量轻弱而欲以齐为事。"臣对曰："夫齐，霸国之余教而骤胜之遗事也，闲⑥于甲兵，习于战攻。王若欲伐之，则必举天下而图之。举天下而图之，莫径于结赵矣。且又淮北、宋地，楚、魏之所同愿也。赵若许约，楚、赵、宋尽力，四国攻之，齐可大破也。”先王曰：“善。”臣乃口受令，具符节，南使臣于赵。顾反命，起兵随而攻齐。以天之道、先王之灵，河北之地，随先王举而有之于济上。济上之军，奉令击齐，大胜之。轻卒锐兵，长驱至国。齐王逃遁走莒，仅以身免。珠玉财宝，车甲珍器，尽收入燕。大吕⑦陈于元英，故鼎返乎历室，齐器设于宁台。蓟丘⑧之植，植于汶篁⑨。自五伯⑩以来，功未有及先王者也。先王以为顺于其志，以臣为不顿⑪命，故裂地而封之，使之得比乎小国诸侯。臣不佞，自以为奉令承教，可以幸无罪矣，故受命而弗辞。

【注释】

①不佞（nìng）：不才，是古人自谦之词。
②抵：触犯。
③斧质之罪：指杀身之罪。
④侍御者：借指惠王。
⑤假节于魏王：借用魏昭王的使臣节到燕国。假，借。节，古时使臣所持作为信物的旄节。
⑥闲：通“娴”，娴熟，熟习。
⑦大吕：古代十二音律之一。此处指国家礼器。
⑧蓟丘：燕国都城，在今北京市西南。
⑨汶篁：齐国汶水上的竹田。
⑩五伯：春秋五霸，指齐桓公、晋文公、宋襄公、秦穆公、楚庄王。
⑪顿：废弃。

【解读】

《报燕王书》是战国军事家乐毅写给燕惠王的信函。战国时期，燕王哙统治时国内大乱，齐国乘机进攻，掠夺燕国宝器，使燕国几乎

《乐毅像》 马骀（清）

灭亡。燕昭王即位后，任乐毅为上将军，集合燕、赵、楚、魏、韩五国的兵力，攻破齐国七十多座城池。乐毅也因功勋卓著，被封为昌国君。但燕惠王即位后，中齐人反间计，怀疑乐毅，派骑劫替代正在与齐人作战的乐毅。乐毅被迫逃亡赵国，同时齐人大破燕军。燕惠王又怀疑赵国用乐毅进攻燕国，因此致信乐毅，责备他的罪过。而这封《报燕王书》就是乐毅的回信。

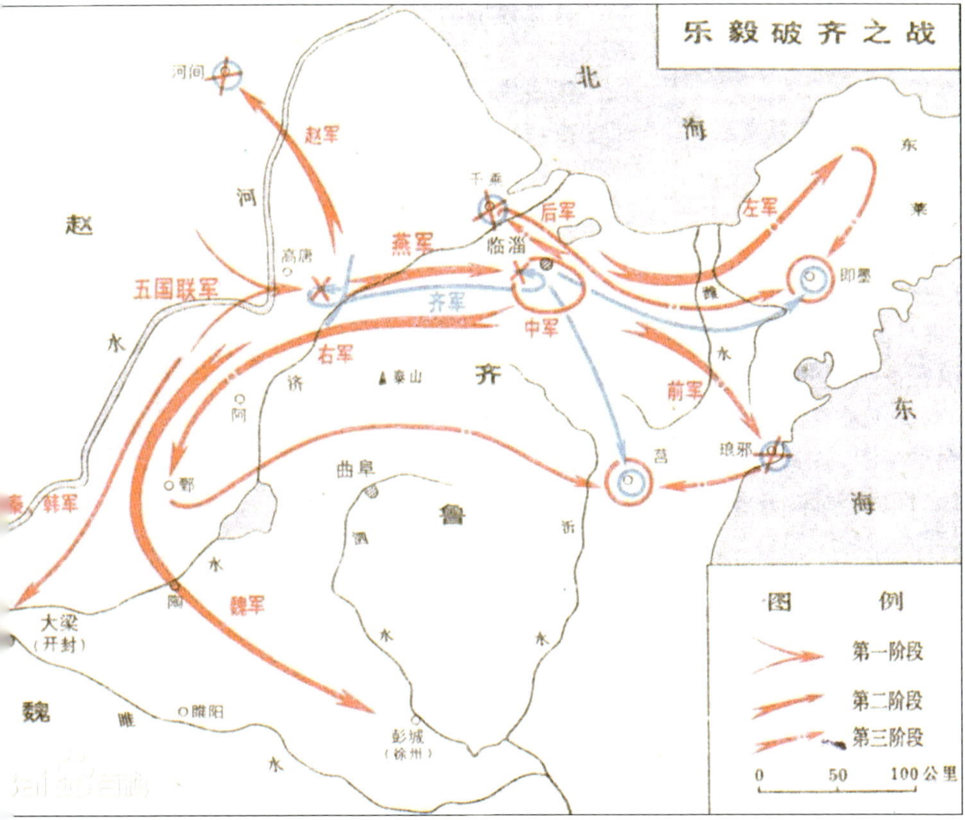


乐毅破齐之战示意图

乐毅在开篇首先陈述了自己离开燕国的原因。他认为自己不能秉承先王的教导来顺从燕惠王的心意，这样既伤害了先王的知人之明，又有损燕惠王的正义，所以逃奔赵国。言语之中，乐毅并未直接陈述燕惠王对自己的不信任和迫害，可谓委婉含蓄。继而，乐毅又缅怀先王的知遇之恩，追述伐齐之功业，展现君臣融洽之场景。正所谓“酒逢知己饮，诗向会人吟”，也如同姜太公等待明主一样，文韬武略的乐毅自然希望得到贤明君主的赏识。燕昭王任人唯能、论行结交的做法，吸引了乐毅前往燕国。幸运的是，乐毅也得到燕昭王的格外器重，很快就在燕国和齐国的战争中大显其才。因为对齐国怀着深仇大恨，燕昭王决定以弱敌强。乐毅认为齐国曾有屡战屡胜的战绩，熟悉兵事，擅长战争，所以最好的办法就是发动天下的力量来打败齐国。最终，乐毅集合燕、赵、楚、魏的力量，大破齐军，直捣齐国都城，齐王逃跑，而燕国带着珠宝、车子、盔甲、宝器满载而归。这一战成就了燕昭王的功勋大业，也使得乐毅备受推崇。

君王英明贤达，臣子才智卓绝，君臣互相赏识，一起经历了国家从衰败走向鼎盛的曲折坎坷，然后君王成就霸业，臣子功勋卓著，但故事并没有就此结束。待新王登基，乐毅却又被迫逃离。

臣闻贤明之君，功立而不废，故著于《春秋》①；蚤②知之士，名成而不毁，故称于后世。若先王之报怨雪耻，夷万乘之强国，收八百岁之蓄积，及至弃群臣之日，遗令诏后嗣之余义，执政任事之臣，所以能循法令、顺庶孽③者，施及萌隶④，皆可以教于后世。臣闻善作者不必善成，善始者不必善终。昔者伍子胥⑤说听乎阖闾，故吴王远迹至于郢。夫差弗是也，赐之鸱夷⑥而浮之江。故吴王夫差不悟先论之可以立功，故沉子胥而弗悔，子胥不蚤见主之不同量，故入江而不改。夫免身全功，以明先王之迹者，臣之上计也。离⑦毁辱之非，堕⑧先王之名者，臣之所大恐也。临不测之罪，以幸为利者，义之所不敢出也。

臣闻古之君子，交绝不出恶声；忠臣之去也，不洁其名。臣虽不佞，数奉教于君子矣。恐侍御者之亲左右之说，而不察疏远之行也。故敢以书报，唯君之留意焉。

【注释】

①《春秋》：五经之一，是记载春秋时鲁国历史的编年体著作，由孔子修订。
②蚤：通“早”。
③庶孽：非嫡妻所生的子裔。
④萌隶：百姓。
⑤伍子胥（前559—前484）：名员，春秋楚国人，曾辅佐吴王阖闾攻入楚都郢（今湖北江陵县），后因劝谏吴王夫差拒绝越国求和而被杀，尸体被盛在皮囊里投入江中。
⑥鸱夷：皮囊。
⑦离：通“罹”，遭受。
⑧堕：通“隳”，毁坏。

【解读】

乐毅在第二部分具体解释了自己离开燕国的原因，在于担心得到残酷的下场和破坏先王的英名。同时也进一步表明心迹，并没有背叛燕国。

乐毅认为，贤明的君主功成不废，有先见之明的士子名成不毁。因此，燕昭王抱怨雪耻、平定强国、安国治民的功业，可以遗传到后世。此处也从侧面表明燕惠王并没有继承先王之遗风。而在认识到“善作者不必善成，善始者不必善终”，乐毅还是希望自己能够脱身免祸，保全功勋，用来昭明先王的业绩，而不是像伍子胥一般落一个兔死狗烹的下场，遭受毁辱的处置，使先王败坏声名。最后，

乐毅墓（河北邯郸大乐堡村）（图片提供：FOTOE）

乐毅表达了“忠臣之去国，不洁其名”的愿望，希望指责自己叛国的燕惠王不要听信身边之人的流言蜚语而有不察之失。

此信言辞慷慨，申辩清晰，虽有对于燕惠王误解自己的不满，却委婉诚恳，显示出乐毅坦荡的胸襟和高尚的人格。清代文人浦起龙评价道：“无一语遮盖，一字粉饰，浑厚平直，昌明磊落，战国第一流人，第一等文。”

# 邹阳《于狱中上书自明》

臣闻忠无不报，信不见疑，臣常①以为然，徒虚语耳。昔者荆轲慕燕丹之义，白虹贯日，太子畏之；卫先生②为秦画长平之事③，太白蚀昴④，而昭王疑之。夫精变天地而信不喻两主，岂不哀哉！今臣尽忠竭诚，毕议愿知，左右不明，卒从吏讯，为世所疑。是使荆轲、卫先生复起，而燕、秦不寤也。愿大王孰察之。

昔卞和献宝，楚王刖之⑤；李斯竭忠，胡亥极刑⑥。是以箕子⑦佯狂，接舆⑧辟世，恐遭此患也。愿大王孰察卞和、李斯之意，而后楚王、胡亥之听，无使臣为箕子、接舆所笑。臣闻比干剖心，子胥鸱夷，臣始不信，乃今知之。愿大王孰察，少加怜焉。

谚曰："有白头如新，倾盖如故。"何则？知与不知也。故昔樊於期⑨逃秦之燕，藉荆轲首以奉丹之事；王奢去齐之魏，临城自刭以却齐而存魏。夫王奢⑩、樊於期非新于齐、秦而故于燕、魏也，所以去二国死两君者，行合于志而慕义无穷也。是以苏秦⑪不信于天下，而为燕尾生⑫；白圭⑬战亡六城，为魏取中山。何则？诚有以相知也。苏秦相燕，燕人恶之于王，王按剑而怒，食以駃騠⑭；白圭显于中山，中山人恶之魏文侯，文侯投之以夜光之璧⑮。何则？两主二臣，剖心坼肝相信，岂移于浮辞哉！

【注释】

①常：通“尝”，曾经。

②卫先生：秦国将领白起手下的谋士。

③长平之事：指公元前260年，秦将白起在长平（今山西高平西北）大破赵军。

④太白蚀昴：指太白星侵入昴星座，象征赵国将遭到军事失利。

⑤卞和献宝，楚王刖之：楚人卞和先后两次献璞（蕴玉之石）给楚厉王、楚武王，因玉匠未能辨识，被君王以欺君之罪分别砍去左、右脚。

⑥李斯竭忠，胡亥极刑：李斯为秦代丞相，后因宦官赵高诬陷其谋反，被秦二世胡亥处以腰斩之刑罚。

⑦箕子：商末贵族，因屡谏昏庸的商纣王未果，便披发装疯，后逃往箕山（今山西陵川棋子山）隐居。

⑧接舆：春秋时楚国隐士，因不满时政，剪发佯狂而不仕，人称“楚狂”。

⑨樊於期（？—前227）：原为战国时的秦国将领，因得罪秦王逃到燕国，受到燕太子的礼遇。秦王悬赏捉拿他时，樊於期主动割头给荆轲，以帮助燕太子完成行刺秦王的计划。这就是历史上著名的荆轲刺秦王的故事。

⑩王奢：原是战国时齐国大臣，因得罪齐王逃到魏国，后来齐国讨伐魏国，王奢为了避免魏国因自己受累，自刎而死。

⑪苏秦（？—前284）：战国时洛阳人，曾游说六国以合纵之术抵制秦国，后来秦国破坏合纵之策。苏秦失信于六国，只有燕国信任他。

⑫尾生：据《汉书·古今人表》记载，尾生与女子相约于桥下，女

梁孝王陵遗址（河南永城芒山）（图片提供：微图）

子未至，尾生就一直等待，最终在潮水涨起时被淹死。后人多以其作为守信的化身。

⑬白圭：战国初期中山国将领，因连失六城而被中山国国君治以死罪，于是逃往魏国，后协助魏国攻灭中山国。

⑭駃騠（jué tí）：良马名。

⑮夜光之璧：指珍贵的璧玉。

**【解读】**

《于狱中上书自明》是西汉文学家邹阳被诬陷入狱期间，给汉景帝的弟弟梁孝王的上书，以为自己的“罪名”申辩。

邹阳，生活在汉文帝和汉景帝的时代，齐国人，为人正直，颇有谋略。早年的时候，邹阳是吴王刘濞的门客，因善于文辩而闻名于世。吴国地理位置优越，经济富庶，实力强大，因此吴王延揽贤士，意图谋夺帝位。邹阳察觉之后，撰写《谏吴王书》劝说吴王不要轻举妄动，但不为采纳。最后吴王联合其他六个诸侯国发动了

“七国之乱”。在战乱中，吴王被汉王朝的大将窦婴、周亚夫率兵打败，兵败身亡。早在上书吴王而未有成效之后，邹阳就与严忌、枚乘等一起投奔梁孝王。梁孝王在“七国之乱”时为维护汉王朝的统一立下汗马功劳，因功名显赫，又受到窦太后的宠爱，动了谋求皇位继承权的野心，但受到大臣袁盎等人的强烈反对。梁孝王因此怀恨在心，与谋士羊胜、公孙诡等人设计策划，派人刺杀了袁盎等十余人。当时梁孝王谋杀袁盎的时候，身边贤士都不敢进谏，而邹阳进言反对，于是公孙诡等乘机对他谗言诽谤，加以迫害，让梁孝王定下死罪，将其送进牢狱。面对重重打击，邹阳在狱中写下了这封《狱中上梁王书》。

此为信的第一部分。因面对的是地位尊贵的王侯，身居臣位的邹阳并不敢直接指斥梁孝王偏信谗言，而是在广征博引和历史典故中剖明丹心，为自己的清白无污做辩白。信的开端就提出“忠信”，文章的内容也由此展开。邹阳首先表达出自己的人生信仰，“忠无不报，信不见疑”，紧接着又以一系列的历史典故来质疑这一认识。荆轲、卫先生的义气感动上苍却得不到君主的理解，而自己尽忠竭诚也受到怀疑，含蓄地指出了梁孝王身边的人不理解，希望梁孝王体察怜悯。其次，邹阳借卞和、李斯的悲剧故事，来说明君主不信任臣子所造成的后果，尽忠之人下场悲惨，而明智之士只能装疯卖傻或者隐居逃避。而如何解决君主与臣子的问题，邹阳认为在于“知与不知”。如名士苏秦、白圭都与帝王相知，虽然受小人诬陷，终能与帝王推心置腹、互相信赖。历史典故一一数来，一方面显出邹阳的博学多识，另一方面也是借古讽今，显得更加含蓄。

故女无美恶，入宫见妒；士无贤不肖，入朝见嫉。昔者司马喜①髌脚于宋，卒相中山；范雎②摺胁折齿于魏，卒为应侯。此二人者，皆信必然之画，捐朋党之私，挟孤独之位，故不能自免于嫉妒之人也。是以申徒狄③自沉于河，徐衍④负石入海。不容于世，义不苟取，比周于朝，以移主上之心。故百里奚⑤乞食于路，缪公委之以政；甯戚⑥饭牛车下，而桓公任之以国。此二人者，岂借宦于朝，假誉于左右，然后二主用之哉？感于心，合于行，亲于胶漆，昆弟不能离，岂惑于众口哉？故偏听生奸，独任成乱。昔者鲁听季孙⑦之说而逐孔子，宋信子罕之计而囚墨翟⑧。夫以孔、墨之辩，不能自免于谗谀，而二国以危。何则？众口铄金，积毁销骨也。是以秦用戎人由余⑨而霸中国，齐用越人蒙⑩而强威、宣。此二国，岂拘于俗，牵于世，系阿偏之辞哉？公听并观，垂名当世。故意合则胡越为昆弟，由余、越人蒙是矣；不合，则骨肉出逐不收，朱、象、管、蔡⑪是矣。今人主诚能用齐、秦之义，后宋、鲁之听，则五伯不足称，三王易为也。

是以圣王觉寤，捐子之⑫之心，而能不说于田常⑬之贤；封比干之后，修孕妇之墓⑭，故功业复就于天下。何则？欲善无厌⑮也。夫晋文公亲其仇⑯，彊霸诸侯；齐桓公用其仇⑰，而一匡天下。何则，慈仁殷勤，诚加于心，不可以虚辞借也。



【注释】

①司马喜：三次任中山国相位。

②范雎（？—前 255）：战国时魏国人，曾随魏大夫须贾出使齐国，

梁孝王夫妇塑像（图片提供：微图）

因被怀疑通齐卖魏，险被鞭笞致死。后易名张禄，潜入秦国，提出著名的远交近攻的战略，深得秦昭王信任，官拜宰相。因封地在应城，又称“应侯”。

③申徒狄：古代投水自尽的贤人。

④徐衍：史书无传，据东汉经学家服虔说是周之末世人。

⑤百里奚（约前700—前621）：春秋时著名的政治家、思想家，原为虞国人，在虞国为晋国所灭后成为俘虏。秦穆公（一作秦缪公）惜其才华，为他赎身，任命为相。

⑥甯（nìng）戚：又称“宁戚”，春秋时卫国人，到齐国经商，常边喂牛边唱“生不遭尧与舜禅”。齐桓公认为是贤士，任命为田官之长。

⑦季孙：鲁国大夫。鲁定公十四年（前496），孔子为大司寇，齐国送美女给鲁定公，季孙接受，致使鲁定公耽于女乐三日不听政，孔子为此弃官离开鲁国。

⑧宋信子罕之计而囚墨翟：宋国国君相信子罕的计谋而囚禁墨翟。子罕，史书无传。墨翟，即墨子（前468—前376），墨家学派的创始人，原为鲁国人，后长期担任宋国大夫。

⑨由余：祖先为晋国人，早年逃亡到西戎，戎王派遣他到秦国考察，因有才被秦穆公拉拢，后来辅助秦穆公灭西戎。

⑩蒙：一作“子藏”，越人，史书无传。

⑪朱、象、管、蔡：朱，指尧的儿子，凶顽不孝，故尧传位给舜；象，舜的同父异母弟，想杀舜而未得；管、蔡，指周武王的弟弟，曾在周武王死后发动叛乱。

⑫子之：战国时燕王哙的相，曾骗燕王哙让位于他，导致国内大乱，后在齐国伐燕期间被剁成肉酱。

⑬田常：即陈桓，齐简公时为相，后杀死齐简公，拥立简公之弟平公。

⑭修孕妇之墓：纣王暴虐，曾剖开孕妇之腹观看婴儿。到周武王伐纣之时，又为孕妇造墓。

⑮厌：满足。

⑯晋文公亲其仇：晋文公重耳为公子时，被其父晋献公派遣的宦官履鞮刺杀。晋文公继位后，不念旧恶，在履鞮的帮助下平定叛乱。

⑰齐桓公用其仇：指齐桓公未立时，被异母兄公子纠的谋士管仲射中带钩。后齐桓公获得王位，重用管仲为大夫。

**【解读】**

邹阳在此部分继续以历史典故论证自己的想法。他认为，后宫的钩心斗角，与美丑无关；朝野群臣争权，与贤肖无关。个人的命运掌握在君王手中，需要君王明辨是非。如司马喜在宋国受膑脚之刑，后来到中山国居于相位；范雎在魏国受罚，在秦国被封为应侯。这两个人摒弃朋党之私，卓然独立于朝野之中，所以不免受人嫉妒，幸而终得善终。但像申徒狄、徐衍这样的古代贤人就没有好的运气，他们坚守节操，拒绝与世俗同流而投水自杀。至于有所成就的百里奚、甯戚，也并非是因为有朋党之人的美言而受到君主重用，而是“感于心，合于行”。历史上更是不乏贤才遭遇流言毁谤的例子。春秋战国时期，鲁国赶走孔子，宋国囚禁墨翟，凭借孔子、墨翟二人的辩才尚且不能抵挡谗言谀语的中伤，这是众口铄金、积毁销骨的缘故。相反，秦国任用戎人由余而称霸中原，齐国任用越人子臧而强盛一时，可见不为谣言所动和因材用人的重要性。所以，圣明的君王应是慈善仁爱的，不拘于陈见，不陷于谗言，而能在左右亲信的阿谀之词和诽谤之语中保持独立和清醒，并做出正确决断。

邹阳从正反两个方面对比说明，句句不说自己的困境，却句句切中要害，言辞恳切，不卑不亢，自有一种慷慨气势。

至夫秦用商鞅之法，东弱韩、魏，兵强天下，而卒车裂之；越用大夫种之谋，禽劲吴，霸中国，而卒诛其身。是以孙叔敖①三去相而不悔，於陵子仲②辞三公为人灌园。今人主诚能去骄傲之心，怀可报之意，披心腹，见情素③，堕肝胆，施德厚，终与之穷达，无爱于士，则桀之狗可使吠尧④，而蹠之客可使刺由⑤，况因万乘之权，假圣王之资乎？然则荆轲之湛七族⑥，要离⑦之烧妻子，岂足道哉！

臣闻明月之珠，夜光之璧，以闇投人于道路，人无不按剑相眄⑧者。何则？无因而至前也。蟠木根柢，轮囷离诡，而为万乘器者。何则？以左右先为之容也。故无因至前，虽出随侯之珠⑨，夜光之璧，犹结怨而不见德。故有人先谈，则以枯木朽株树功而不忘。今夫天下布衣穷居之士，身在贫贱，虽蒙尧、舜之术，挟伊、管⑩之辩，怀龙逢⑪、比干之意，欲尽忠当世之君，而素无根柢之容，虽竭精思，欲开忠信，辅人主之治，则人主必有按剑相眄之迹，是使布衣不得为枯木朽株之资也。

是以圣王制世御俗，独化于陶钧之上，而不牵于卑乱之语⑫，不夺乎众多之口。故秦皇帝任中庶子蒙嘉⑬之言，以信荆轲之说，而匕首窃发；周文王猎泾、渭，载吕尚⑭而归，以王天下。故秦信左右而杀，周用乌集⑮而王。何则？以其能越挛拘之语，驰域外之议，独观于昭旷之道也。

今人主沈于谄谀之辞，牵于帷裳之制，使不羁之士与牛骥同皂⑯，此鲍焦⑰所以忿于世而不留富贵之乐也。

臣闻盛饰入朝者不以利污义，砥厉名号者不以欲伤行，故县名胜母而曾子⑱不入，邑号朝歌而墨子回车⑲。今欲使天下寥廓之士，摄于威重之权，主于位势之贵，故回面污行以事谄谀之人而求亲近于左右，则士伏死堀穴岩薮之中耳，安肯有尽忠信而趋阙下者哉！

【注释】

①孙叔敖（约前630—前593）：春秋时楚国令尹，以贤能闻名，曾三相三免。据《庄子·田子方》载，孙叔敖“三为令尹而不荣华，三去之而无忧色”。

②於陵子仲：即陈仲子，认为兄长享受丰厚俸禄是不义之行，因此避兄离母而过着清贫的生活，并坚辞齐国大夫、楚国国相等职。

③素：通“愫”，真诚。

④桀之狗可使吠尧：夏桀的犬向尧狂吠，比喻奴仆一心为主人效劳。桀，为夏代暴君。尧，上古时代的部落联盟首领，为五帝之一。

⑤由：指许由。相传尧想要把天下让给他，他不接受，到箕山隐居。

⑥湛（chén）七族：即灭七族。湛，通“沉”。

⑦要离：春秋时吴国刺客，足智多谋，被吴王阖闾派去刺杀吴王僚的儿子庆忌。他通过自残杀妻的苦肉计获得庆忌信任，在刺杀庆忌成功后，自杀身亡。

⑧眄（miǎn）：斜视。

⑨随侯之珠：即明珠。春秋时的随国之侯救活了一条受伤的大蛇，后来大蛇衔来一颗明珠作为报答，后世称为“随珠”。

⑩伊、管：指伊尹和管仲。伊尹，为商初著名政治家，曾辅佐商汤灭夏。

⑪龙逢：即关龙逄，夏代大臣，因劝谏荒淫无道的夏桀，被囚禁杀死。

⑫卑乱之语：卷舌聱牙的话，指姜尚的羌族口音。

⑬蒙嘉：秦王嬴政的宠臣。荆轲至秦，就是以千金之礼贿赂蒙嘉，

通过蒙嘉才得到秦王的接见。

⑭吕尚：即姜太公（约前 1156—约前 1017），曾在渭水之滨钓鱼，被周文王发现，并得到赏识。

⑮乌集：此处指周文王得到姜尚。

⑯皁：同“皂”，牲口槽。

⑰鲍焦：春秋时期人，因厌恶世俗，甘心受穷，最后抱木而死。

⑱曾子（前 505—前 435）：即曾参，孔子的弟子，提倡以孝为本。传说他以不合孝道而拒绝进入“胜母”之巷。

⑲墨子回车：墨子主张“非乐”，故不去“朝歌”。

**【解读】**

此为上书的最后一部分，是邹阳对自己观点的进一步升华。他论证道，君王虽然能够抛却一时陈见而任用贤能，像秦国任用商鞅，越国任用大夫文种。但是商鞅最后被五马分尸，文种被迫自杀，善始者未必善终。而有远见卓识的人才自能看清官场的荣辱和是非，所以孙叔敖离开相位，子仲辞掉聘任。如果君主能够去除骄矜之心，坦露心胸，披肝沥胆，厚施恩德，那么臣子必定会鞠躬尽瘁。

世人皆知，天下没有免费的午餐，即使夜明珠、和氏璧丢在路上，人们不免要按着剑柄小心探看。所以，无名人士献出随侯珠、和氏璧，未必会得到好报，而有人推介和美言，那么枯木朽枝也会立下功勋而令人难忘。人才也是一样，平民出身的志士胸怀韬略，满心赤诚，而君王却循规蹈矩，按着剑柄斜看，如此不少仁人志士不免被误解和埋没。因此，圣明的君王需要在众说纷纭的朝野之中，不偏听，不轻信，抛开是非之言而看到光明正大的道理。

若君王身陷谄媚阿谀的言辞之中，受到姬妾近侍的牵制，就会使不与世俗同流合污的人才不受重用，地位低下。倘若朝野之内权势压人，那么那些修身立名、情志高洁的人便不会尽忠竭诚地投奔君主，而是远离朝堂了。

邹阳在洋洋洒洒千言之中，历数史实、借古喻今，然后切中时

《梁园飞雪图》【局部】袁江（清）

梁园是汉代梁孝王所建的一处园圃，为其召集门客雅集、谈论时政的地方。





弊，直陈见解。梁孝王看到这封上书之后，大为感动，立即放邹阳出狱，并将他敬为上宾。邹阳两度遇到诸侯王谋反，两度上书进谏，遭遇挫折却依然清白自立，其精神难能可贵。后世对他也推崇有加，如史学家司马迁称赞邹阳“抗直不桡”；班固评邹阳“为人有智略，慨慷不苟合”。

# 李斯《狱中上书》

臣为丞相，治民三十余年矣。逮秦地之陕隘，先王之时，秦地不过千里，兵数十万，臣尽薄材，谨奉法令，阴①行谋臣，资之金玉，使游说诸侯，阴修甲兵，饰②政教，官③斗士，尊功臣，盛其爵禄，故终以胁韩弱魏，破燕、赵，夷齐、楚，卒兼六国，虏其王，立秦为天子，罪一矣；地非不广，又北逐胡貉④，南定百越⑤，以见秦之强，罪二矣；尊大臣，盛其爵位，以固其亲，罪三矣；立社稷，修宗庙，以明主之贤，罪四矣；更克画，平斗斛度量⑥文章，布之天下，以树秦之名，罪五矣；治驰道，兴游观，以见主之得意，罪六矣；缓刑罚，薄赋敛，以遂主得众之心，万民戴主，死而不忘，罪七矣。若斯之为臣者，罪足以死固久矣。上幸尽其能力，乃得至今，愿陛下察之！

【注释】

①阴：暗中。
②饰：整顿。

③官：以……为官，任用。
④胡貉：古时对西北各民族的称呼。
⑤百越：泛指长江中下游以南的民族。
⑥平斗斛度量：指统一度量衡。

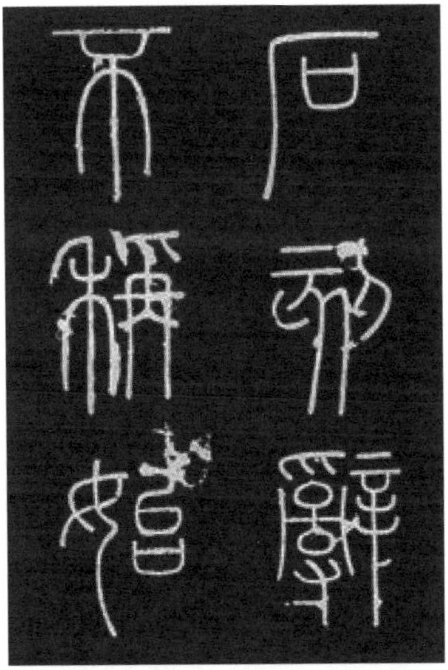

《峄山刻石》摹本【局部】李斯（秦）
此刻石文字是李斯用秦朝官方文字小篆书写。公元前219年，秦始皇出巡山东峄山（今山东邹城东南）时，登高远望，希望留铭遗传后世。李斯当即以篆字成文，派人在峄山之上刻石。

**【解读】**

《狱中上书》是秦代丞相李斯在狱中呈给秦二世胡亥的上书。当时秦二世为了修建阿房宫，征发徭役，进一步加剧了社会矛盾。作为丞相的李斯，会同右丞相冯去疾、将军冯劫劝说秦二世停建阿房宫。但秦二世见到几人的上书后甚为恼怒，将他们投入监狱。因此，李斯在狱中上书，自明冤屈。

李斯，本是战国末年楚国上蔡人，年轻时做过掌管文书的小吏。据说他有一次目睹厕所里的老鼠胆战心惊、惊慌逃窜的样子和粮仓里老鼠的悠然自得完全不同，引发无限感慨。他认为人也像老鼠一样，命运的顺利或多舛都在于所处的环境好坏，于是他辞去小吏，师从荀子。不过他没有像荀子一样著书以明道，而是醉心于实现政治抱负。前往秦国之后，他首先获得权臣吕不韦的赏识，后来得以接近秦王，劝说秦王嬴政消灭诸侯、成就帝业，被秦王任命为长史。然而，就在秦王实行统一大计的时候，韩国奸细郑国被发现，于是秦王下令驱逐各国客卿，其中包括李斯。这时李斯上奏了后来名传千古的《谏逐客书》，使得秦王收回成命，不久官任廷尉。李斯辅助秦王完成统

李斯（右）与秦始皇、徐福塑像（图片提供：微图）

一大业后，官任丞相。不过秦始皇死后，他与奸臣赵高合谋，逼死秦始皇长子扶苏，拥立昏庸无能的胡亥即位。但李斯本人也没有得到好下场，被胡亥投入狱中，才有了后来的《狱中上书》。

李斯在这封《狱中上书》中，历数自己的"七大罪状"，但实际上每一件都不是罪，而是他跟随秦始皇之后创立的丰功伟业，如辅助秦王兼并六国、扩大秦国疆土、辅助秦王巩固政权、提升大臣地位而行郡县制、统一度量衡和文字、修筑驰道、减轻刑罚。不凡的政绩，却反语陈述，其中有李斯自负能言善辩、建立丰功伟绩的信心，不过更有一种清白无污、心胸坦荡的气概。然而，这封上书最终被赵高截获，所以李斯虽是功勋卓著，却也难逃一个凄惨的结局。赵高借机诬陷李斯父子谋反，严刑逼迫李斯承认，并在秦二世二年（前 208）将其腰斩。

对于李斯的评价，历来毁誉参半。其最为人诟病的是焚书坑儒事件。思想的统一造成了这一时期的文坛凋敝，只剩下《吕氏春秋》和李斯的作品填补空白。

# 东方朔《上武帝书》

臣朔少失父母，长养①兄嫂。年十三学书，三冬文史足用。十五学击剑，十六学《诗》《书》，诵二十二万言。十九学孙、吴兵法②，战阵之具，钲鼓之教，亦诵二十二万言。凡臣朔固已诵四十四万言，又常服子路③之言。臣朔年二十二，长九尺三寸，目若悬珠，齿若编贝，勇若孟贲④，捷若庆忌⑤，廉若鲍叔⑥，信若尾生，若此可以为天子大臣矣。臣朔昧死再拜以闻。

**【注释】**

①养：由……抚养。

②孙、吴兵法：指《孙子兵法》和《吴子兵法》。《孙子兵法》由春秋时著名军事家孙武创作，是中国现存最早的兵书。《吴子兵法》由战国名将吴起著，内容主要为吴起的战争观和军事思想。

③子路：仲由（前542—前480），字子路，又字季路，为孔子得意门生，是《论语》的编集者之一，也是“二十四孝”中为亲负米的主角。

④孟贲：战国时的勇士，卫国人，后来归于秦武王，曾生拔牛角。

⑤庆忌：春秋时吴王僚的儿子，力大无穷，勇猛无畏。

⑥鲍叔（约前723—前644）：即鲍叔牙，春秋时齐国大夫。他曾与好友管仲一起经商，在分钱时，管仲因家贫总是多得一些，鲍叔牙从不计较。

**【解读】**

《上武帝书》是西汉辞赋家、政治家东方朔呈给汉武帝的自荐信。当时雄才大略的汉武帝下令招纳方正贤良的文学之士，因此四方文士纷纷上书，毛遂自荐，其中就包括以滑稽敏捷称雄的文人——东方朔。

东方朔性格诙谐，巧舌如簧，行为多放荡不羁。据说他曾在上书时用了三千片竹简，要两个人才抬得起，汉武帝看了两个月才看完。观《上武帝书》，丝毫没有阿谀奉承的媚态，但行文中颇有点“自吹自擂”的架势。东方朔不仅夸赞自己才能卓著，如三年学会文书和记事，熟读《诗经》《尚书》《孙子兵法》《吴子兵法》和子路言论等；同时也不吝辞色地赞美了自己的外貌和品性，眼睛像挂着的珍珠那般明亮，牙齿如同编成串的贝壳整齐洁白，勇猛如孟贲，敏捷

《东方朔像》唐伯虎（明）

汉武帝翻阅简牍（蜡像）

如庆忌，廉洁似鲍叔，守信同尾生。文风不卑不亢，旷达潇洒，与东方朔的性格甚为相合。

汉武帝读了这封自荐书后，认为东方朔文辞不逊、气概不凡，令其待诏在公车署中。不过公车署俸禄微薄，又是个闲职，不能见到皇帝。东方朔心生一计，便故意吓唬养马的侏儒，说皇帝要杀了他们。侏儒遂向皇帝求情，汉武帝因此召见东方朔，并给他增加了俸禄。因为反应敏捷，言辞流利，东方朔深受汉武帝的宠幸。不过在朝廷中，东方朔一类的文人并不得重用，大多只是以文辞之长来取悦君主。虽然抑郁不得志，东方朔也时常利用与皇帝接近的机会谏诤国政，比如劝谏汉武帝疏远馆陶公主的男宠董偃；据理劝谏汉武帝不要大肆兴建上林苑；祝颂皇帝圣明，使武帝难徇私情，依法处置昭平君。然而，东方朔最后还是因为汉武帝四处征战，劳民伤财，而自己又规劝无果，便归隐田间。

# 徐妙锦《答永乐帝书》

臣女生长华门，性甘淡泊。不羡禁苑深宫，钟鸣鼎食，愿去荒庵小院，青磬红鱼①；不学园里夭桃，邀人欣赏，愿作山中小草，独自荣枯。听墙外秋虫，人嫌凄切；睹窗前冷月，自觉清辉。盖人生境遇各殊，因之观赏异趣。矧②臣女素耽寂静，处此幽旷清寂之境，隔绝荣华富贵之场，心胸颇觉朗然。

乃日昨阿兄遣使捧上谕来，臣女跪读之下，深感陛下哀怜臣女之至意，臣女诚万死莫赎也。伏思陛下以万乘之尊，宵旰③勤劳，自宜求愉快身心之乐。幸外有台阁诸臣，袍笏跻跄④；内有六宫嫔御，粉黛如云。而臣女一弱女子耳，才不足以辅佐万岁，德不足以母仪天下。既得失无裨于陛下，而实违臣女之素志。臣女之所未愿者，谅陛下亦未必强愿之也。

臣女愿为世外闲人，不作繁华之想。前经面奏，陛下犹能忆之也。伏乞陛下俯允所求，并乞从此弗再以臣女为念，则尤为万幸耳。盖人喜夭桃秾李⑤，我爱翠竹丹枫。从此贝叶蒲团⑥，青灯古佛，长参寂静，了此余生。臣女前曾荷沐圣恩，万千眷注。伏恳再哀而怜之，以全臣女之志愿，则不胜衔感待命之至。

【注释】

①青磬红鱼：青铜的磬和红色的木鱼，皆为僧尼念经时使用的法器。
②矧（shěn）：何况。
③宵旰："宵衣旰食"的略语，旧时多用于称颂皇帝勤于政事。
④袍笏跻跄：形容百官袍飞笏舞，为皇帝奔驰忙碌的样子。
⑤夭桃秾李：桃李茂盛的样子，多用作婚嫁祝颂词。
⑥贝叶蒲团：贝叶，代指佛经。蒲团，僧尼打坐和念经时的垫具。

雄才大略的永乐帝
（明宫廷画师绘）

【解读】

《答永乐帝书》是明代开国元勋徐达的第三个女儿徐妙锦呈给明成祖朱棣的拒婚信。古代帝王历来有三宫六院，粉黛如云。这些女子或者得到万千恩宠、享尽荣华，如杨玉环"回眸一笑百媚生，六宫粉黛无颜色"；或者经历由宠而衰的过程，如班婕妤"奉帚平明金殿开，暂将团扇共徘徊"；或者名不见经传，寂寞地在深深庭院中老去。虽然如此，依然有无数的古代女子希望长伴君侧，享尽天下荣华富贵，但徐妙锦却是其中的例外。

徐妙锦作为功臣之后，锦心玉貌，聪颖贤良，满腹诗书。她的姐姐是明成祖的仁孝皇后，温和贤良，曾编写《内训》《劝善书》

青灯古佛（图片提供：微图）

刊行天下，倡导修行劝善。不过这位皇后46岁就因病去世。在她离世之后，明成祖对徐妙锦心生恋慕之情，并郑重向徐妙锦求亲。但面对雄才大略的明成祖，无心后宫生活的徐妙锦却没有屈从淫威，而是写了一封书信，婉转而坚决地拒绝了圣意。

徐妙锦在信中首先书写自己的心志，虽然生长在豪门贵族，但心性淡泊。又以四组截然不同的生活场景对比，表达自己喜爱荒庵小院中寂静幽旷的生活，而不是钟鸣鼎食之家，也不是花柳繁华之地的喧嚣红尘。然后她进一步澄清自己拒绝进入后宫的缘由：皇帝身边自有群臣分忧，宫女相伴，自己才华不足，既不能有益于皇帝，也违背了心志。徐妙锦当然明白帝王心思不可拒的道理，为避免招惹灾祸，她表达了希望在青灯古佛、晨钟暮鼓中了却残生的愿望。文章清新动人，言辞恭敬却又态度决然，言谈之间流露出一种超凡脱俗的心志。

# 家书

顾名思义，家书是家人之间互相传达消息的艺术形式。在古代，由于交通不便和通讯技术落后，家书成为身处两地的亲人之间进行沟通的主要方式之一，承载着浓浓的亲情，有「家书抵万金」之称。

# 秦嘉《重报妻书》

车还空返，甚失所望，兼叙远别恨恨之情，顾有怅然！间得此镜，既明且好，形观文彩，世所稀有，意甚爱之，故以相与。并致宝钗一双，价值千金；龙虎组履一緉①；好香四种，各一斤；素琴一张，常所自弹也。明镜可以鉴形，宝钗可以耀首，芳香可以馥②身去秽，麝香可以辟恶气，素琴可以娱耳。

【注释】

①一緉（liǎng）：一双。緉，古代计算鞋的单位，相当于“双”。
②馥：香气，此处用作动词。

【解读】

《重报妻书》是汉代秦嘉离开家乡，到外地上任时写给妻子徐淑的信函。秦嘉生在东汉时代，陇西（今甘肃）人，与妻子徐淑皆为诗人，伉俪情深。汉桓帝时，秦嘉任职郡吏，年终因为郡上计簿赶赴洛

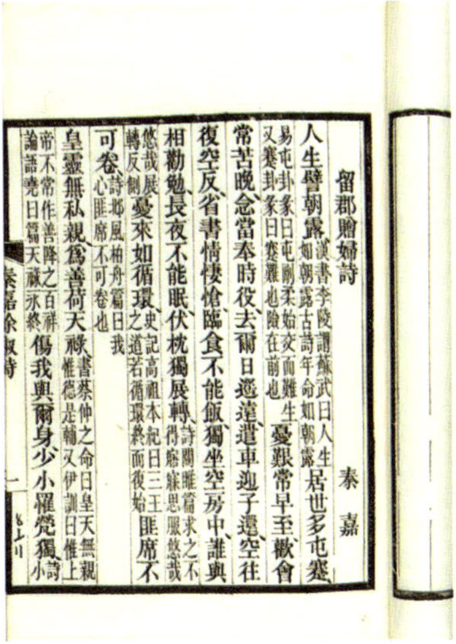

留郡贈婦詩　秦嘉

人生譬朝露漢書李陵謂蘇武曰人生如朝露古詩年命如朝露居世多屯蹇易屯卦彖曰屯剛柔始交而難生蹇卦彖曰蹇難也險在前也憂艱常早至歡會常苦晚念當奉時役去爾日遙遠遣車迎子還空往復空反省書情悽愴臨食不能飯獨坐空房中誰與相勸勉長夜不能眠伏枕獨展轉詩關雎篇求之不得寤寐思服悠哉悠哉輾轉反側憂來如循環史記高祖本紀曰三王之道若循環終而復始匪席不可卷詩邶風柏舟篇曰我心匪席不可卷也

皇靈無私親爲善荷天祿書蔡仲之命曰皇天無親惟德是輔又伊訓曰惟上帝不常作善降之百祥論語堯曰篇天祿永終傷我與爾身少小罹煢獨詩小

秦嘉贈婦詩

秦嘉《赠妇诗》书影

阳，被任为黄门郎。在他奔赴洛阳的时候，徐淑因病回娘家休养。秦嘉留下的三首《赠妇诗》大致可以说明情由。

第一首《赠妇诗》原文为：“人生譬朝露，居世多屯蹇。忧艰常早至，欢会常苦晚。念当奉时役，去尔日遥远。遣车迎子还，空往复空返。省书情凄怆，临食不能饭。独坐空房中，谁与相劝勉？长夜不能眠，伏枕独展转。忧来如循环，匪席不可卷。”诗作展示了秦嘉赴京之际，遣车迎接徐淑，徐淑有病不能成行，所以“车还空返”。

第二首《赠妇诗》原文为：“皇灵无私亲，为善荷天禄。伤我与尔身，少小罹茕独。既得结大义，欢乐苦不足。念当远离别，思念叙款曲。河广无舟梁，道近隔丘陆。临路怀惆怅，中驾正踯躅。浮云起高山，悲风激深谷。良马不回鞍，轻车不转毂。针药可屡进，愁思难为数。贞士笃终始，恩义不可属。”写秦嘉本来想去看望徐淑，来慰藉远别之前的思念，却由于交通阻碍，无奈作罢。

第三首《赠妇诗》原文为："肃肃仆夫征，锵锵扬和铃。清晨当引迈，束带待鸡鸣。顾看空室中，仿佛想姿形。一别怀万恨，起坐为不宁。何用叙我心，遗思致款诚。宝钗好耀首，明镜可鉴形。芳香去垢秽，素琴有清声。诗人感木瓜，乃欲答瑶琼。愧彼赠我厚，惭此往物轻。虽知未足报，贵用叙我情。"离别在即，秦嘉心有不舍，只能赠送礼物给徐淑来表达自己的心意。

《重报妻书》是秦嘉启程之前的书信，与第三首《赠妇诗》内容相近，首先是追述之前遣车迎接，却看到空车返回时的失望之情，又因为即将远别，未能与妻子道别就离开，心里难免有无限的怅然，所以赋诗写信，随信附上明镜、宝钗、丝履、好香、素琴，聊以表达相思情深。赠言赠物，温柔体贴，在字里行间都表现出这位西北男儿的多情。

# 徐淑《报秦嘉书》

既惠令音①，兼赐诸物，厚顾殷勤，出于非望！镜有文彩之丽，钗有殊异之观，芳香既珍，素琴亦好。惠异物于鄙陋，割所珍以相赐，非丰厚之恩，孰肯若斯？览镜执钗，情想仿佛；操琴咏诗，思心成结。敕以芳香馥身，喻以明镜鉴形，此言过矣，未获我心也。昔诗人有"飞蓬"②之感，班婕妤③有"谁荣"之叹。素琴之作，当须君归；明镜之鉴，当待君还。未奉光仪，则宝钗不设也；未侍帷帐，则芳香不发也。

**【注释】**

①既惠令音：蒙赐美好的言语。令，美好的。

②飞蓬：典出《诗经 · 卫风 · 伯劳》"自伯之东，首如飞蓬"，意思是自从爱人去了东方，自己无心再打扮，头发就像枯草飞蓬一样。

③班婕妤（前 48—2）：西汉著名才女，善诗赋，后成为汉成帝刘骜的嫔妃，因德行高尚、满腹经纶，一度受宠。但自赵飞燕、赵合德姐妹入宫之后，班婕妤逐渐失宠。

【解读】

《报秦嘉书》是徐淑给丈夫秦嘉的回信。在得到秦嘉送的东西以后，徐淑喜出望外，明镜、宝钗、好香、素琴都是佳品，更承载了丈夫满满的情意。但睹物思人，徐淑每天对着这些物品，心中对秦嘉的想念愈发深切。而女为悦己者容，丈夫远出，她哪有心思梳妆打扮呢。当然，徐淑的无心打扮，和她在书信中提到的班婕妤疏于打扮的心境完全不同。班婕妤发出“君不御兮谁为荣”的感慨时，已是失宠多年，话语中饱含苍凉；徐淑言语间则尽是小女子的真情，柔情款款。

弹琴赋诗，夫唱妇随，这样的夫妻生活当是令人羡慕。然而，秦嘉到任后不久，就死于洛阳津乡亭，最终未能再回到陇西和心爱的妻子身边。秦嘉死后，徐淑的兄长逼其改嫁，但徐淑“毁形不嫁，哀恸伤生”。同时，徐淑也写下《为誓书与兄弟》，表明自己誓不改嫁的决心，言语义正词严，慷慨激昂。不久之后，徐淑因悲伤过度而死。对于二人的深厚感情，后世戏剧、诗文中多有描写。如清代的一首诗词中就写道：“可人夫婿是秦嘉，风也怜他，月也怜他。”

秦嘉与徐淑不仅对感情忠贞不贰，他们的五言诗也开一代风气，是东汉文人五言诗中出现较早、艺术上较有成就的赠答诗，受到历代诗论家的称赞。如徐淑的《答秦嘉诗》写道：“悠悠兮离别，无因兮叙怀。瞻望兮踊跃，伫立兮徘徊。思君兮感结，梦想兮容辉。君发兮引迈，去我兮日乖。恨无兮羽翼，高飞兮相追。长吟兮永叹，泪下兮沾衣。”情真意切，催人泪下。南朝文学批评家钟嵘则认为，徐淑为汉代难得的女诗人，诗作仅次于班婕妤。清代沈德潜评价道：“词气和易，感人自深，然去西汉深厚之风远矣。”（《古诗源》），指出他们的诗歌一改西汉风气，具有东汉文人抒情诗的时代特点。

如今，秦嘉与徐淑的合葬墓和碑刻，已成为甘肃省定西市通渭县的著名古迹之一。许多痴男怨女、文人骚客都前往凭吊。

# 陶渊明《与子俨等疏》

告俨、俟、份、佚、佟①：

天地赋命，生必有死，自古贤圣，谁独能免？子夏②有言："死生有命，富贵在天。"四友③之人，亲受音旨，发斯谈者，将非穷达不可妄求，寿夭永无外请故耶？

吾年过五十，少而穷苦，每以家弊，东西游走。性刚才拙，与物多忤。自量为己，必贻俗患，僶俛④辞世⑤，使汝等幼而饥寒。余尝感孺仲贤妻之言⑥，败絮自拥，何惭儿子？此既一事矣。但恨邻靡二仲⑦，室无莱妇⑧，抱兹苦心，良独内愧。

少学琴书，偶爱闲静，开卷有得，便欣然忘食。见树木交荫，时鸟变声，亦复欢然有喜。常言五六月中，北窗下卧，遇凉风暂至，自谓是羲皇上人⑨。意浅识罕，谓斯言可保。日月遂往，机巧好疏，缅求在昔，眇然如何！

病患以来，渐就衰损，亲旧不遗，每以药石见救，自恐大分⑩将有限也。汝辈稚小家贫，每役柴水之劳，何时可免？念之在心，若何可言！然汝等虽不同生，当思四海皆兄弟之义。鲍叔、管仲，分财无猜；归生、伍举⑪，班荆道旧。遂能以败为成，因丧立功。他人尚尔，况同父之人哉！颍川韩元长⑫，汉末名士，身处卿佐，八十而终。兄弟同居，至于没齿。济北氾稚春⑬，晋时操行人也，七世同财，家人无怨色。《诗》曰：“高山仰止，景行行止。”⑭虽不能尔，至心尚之。汝其慎哉！吾复何言。

【注释】

①俨、俟、份、佚、佟：指陶渊明的五个儿子。

②子夏（前507—？）：春秋时晋国人，孔子弟子。

③四友：指孔子门下最得儒学要义的四位弟子，即颜回、子路、子贡和子张。

④僶（mǐn）俛：勉力。

⑤辞世：辞官退隐。

⑥孺仲贤妻之言：孺仲为东汉太原人，名王霸，字孺仲。孺仲看到别人的儿子贵为楚相，自己的儿子相形见绌，其妻出言安慰。

⑦二仲：汉朝时求仲、羊仲，为东汉隐士蒋诩退隐后往来的友人。

⑧莱妇：春秋末楚国隐士老莱子之妇，曾劝夫隐退不仕。

⑨羲皇上人：伏羲氏以前的人，指远古时代的人。

⑩大分：指寿命。分，界限。

⑪归生、伍举：春秋时楚国人，两人交情极好。伍举因罪逃亡晋国后，归生与其重逢，铺荆而坐，共叙旧情。经归生说情，伍举重回楚国。

⑫韩元长：即韩融（约126—196），字元长，颍川（今河南许昌）人，汉献帝时权臣。他与兄弟同居，相处和睦，不失声名。

⑬氾稚春：西晋儒士。

⑭高山仰止，景行行止：语出《诗经》，指敬仰崇高道德，学习高尚行为。

《归去来兮图》【局部】李在（明）

**【解读】**

《与子俨等疏》是东晋诗人、辞赋家陶渊明写给儿子的信，近似遗书。这位高呼“归去来兮，田园将芜胡不归”的诗人，累年缠病，经久不愈，在自觉大限将至之时，感怀生命，坦言生死，追述人生的境遇，缅怀昔日的情怀，表达出对于儿辈的牵念挂心和殷切期望。

陶渊明（约 365—427），名潜，字元亮，一说字渊亮，自号五柳先生，浔阳柴桑（今江西九江）人。其曾祖为西晋大司马陶侃，至陶渊明时家世衰落。他早年曾任江州祭酒、镇军参军、建威参军等职，41 岁时迫于生计，出任彭泽县令，为官仅八十余日，因“不为五斗米折腰”，辞官退隐。陶渊明是中国第一位田园诗人，被南朝文学批评家钟嵘称为是“古今隐逸诗人之宗”。其传世作品共有诗 125 首，文 12 篇，被后人编为《陶渊明集》。陶渊明的田园隐逸诗恬淡朴实、情感真挚，在两晋崇尚玄学的诗坛中吹起了一股清新之风，将中国古典诗歌推到一个新境界。宋代苏东坡称其诗作“质而实绮，癯而实腴”，元代元好问赞其诗歌“一语天然万古

湖南常德桃花源（图片提供：微图）
自陶渊明《桃花源记》问世以后，广为流传，各地纷纷出现所谓的桃花源景区。

新，豪华落尽见真淳”。除了诗歌，陶渊明的散文、辞赋亦广为流传，如《五柳先生传》《归去来兮辞》和《桃花源记》等。

陶潜的诗文素来素朴却不失情致，此篇《与子俨等疏》亦然。陶渊明在开篇即表达了生死观，所谓“死生有命，富贵在天”，其看破生死、坦然从容的态度令人敬佩。他随即追述往事，描述了以往恬淡闲适的读书生活。他在回首开卷便欣然忘食的过往时，依然带着留恋和欢喜的情绪，淡泊心境跃然纸上。然而，陶渊明也因为自己难以在官场中曲迎逢合，以致儿子们只能过着贫穷饥寒的生活而心生愧疚。他希望自己死后，儿辈能够同舟共济，和睦相处。百般叮嘱，尽是对儿子眷眷动人的深情。全文读来，如听一位老人细言过往，其历经沧桑后淡然处世的情怀，感人肺腑。

# 鲍照《登大雷岸与妹书》

吾自发寒雨，全行日少，加秋潦浩汗①，山溪猥②至，渡泝③无边，险径游历。栈石星饭，结荷水宿，旅客贫辛，波路壮阔。始以今日食时，仅及大雷。途登千里，日逾十晨，严霜惨节，悲风断肌。去亲为客，如何如何！

向因涉顿④，凭观川陆，遨神清渚，流睇方曛⑤。东顾五州之隔，西眺九派之分。窥地门之绝景，望天际之孤云。长图大念，隐心者久矣！南则积山万状，负气争高，含霞饮景，参差代雄；凌跨长陇，前后相属，带天有匝，横地无穷。东则砥原远隰⑥，亡端靡⑦际，寒蓬夕卷，古树云平；旋风四起，思鸟群归，静听无闻，极视不见。北则陂池⑧潜演，湖脉通连，苎蒿攸积⑨，菰芦所繁；栖波之鸟，水化之虫，智吞愚，强捕小，号噪惊聒，纷牣⑩其中。西则回江永指，长波天合。滔滔何穷，漫漫安竭？创古迄今，舳舻⑪相接。思尽波涛，悲满潭壑。烟归八表，终为野尘。而是注集，长写不测，修灵浩荡，知其何故哉！

四川成都浣花溪公园内的鲍照塑像（图片提供：微图）





**【注释】**

①秋潦浩汗：秋雨极大，如汗水淋下。潦，雨水。

②猥：多。

③溯：逆流而行。

④顿：同“屯”，停歇。

⑤曛：日落时的余光。

⑥砥原远隰（xí）：砥原，平原。隰，湿地。

⑦靡：同“亡”，无。

⑧陂池：池塘。

⑨苎蒿攸积：苎麻、蒿草丛生。攸，通“所”。

⑩纷牣（rèn）：充杂。

⑪舳舻：首尾相接的船只。

【解读】

《登大雷岸与妹书》写于南朝宋元嘉十六年（439），当时临川王刘义庆出镇江州（今江西九江），引荐鲍照做佐吏。这一年的秋天，鲍照冒着风雨从建康（今南京）赶往江州赴任，途经大雷（今安徽省望江县附近），写了这封家信。

鲍照（约415—466），字明远，为南朝宋文学家，与颜延之、谢灵运合称“元嘉三大家”。其诗、赋、骈文都不乏名篇，尤以乐府诗《拟行路难》18首最为著名。虽然鲍照文学成就巨大，但一生仕途坎坷，最后因宫廷内部斗争，死于乱兵之中。鲍照的人生悲剧，与魏晋时期的社会风气不无关系。自东汉后期开始，士大夫中就开始出现一些累世公卿，他们的门生、故吏遍及天下，颇有权势。魏文帝曹丕建立九品中正制以后，由于中正官把持在士族手中，士族门阀的势力更加强盛，甚至开始控制中央政府，形成“王与马，共天下”的局面，所以社会上的普遍局势是“上品无寒门，下品无势族”。鲍照出身寒门庶族，颇有抱负，一心想凭借自身的努力在上层社会寻得一席之地。《南史》中曾有记载，鲍照26岁时干谒临川的刘义庆，毛遂自荐却不得重视。他依然坚持要献诗言志，有人劝阻，说他人微言轻，不要轻易去忤逆大王。鲍照听完，勃然大怒地说：“千载上有英才异士沉没而不闻者，安可数哉！大丈夫岂可遂蕴智能，使兰艾不辨，终日碌碌，与燕雀相随乎！”在不懈的努力和坚持之下，鲍照最终获得赏识，被封为临川国侍郎，也曾做过太学博士、中书舍人之类的官。但在门阀制度森严的社会里，他始终是“下僚”，不能有所作为。

鲍照有一个妹妹，名为鲍令晖，多才多艺。据《诗品》所载，鲍照曾经对孝武帝刘骏说：“臣妹才自亚于左芬，臣才不及太冲尔。”左太冲和左芬就是曾因一篇《三都赋》使得“洛阳纸贵”的左思兄妹。鲍照在这里是自谦，但把鲍令晖与左芬相提并论，可见鲍令晖诗

浙江杭州放鹤亭内的《舞鹤赋》刻石

《舞鹤赋》文章是鲍照所著，字迹则为康熙皇帝临摹明代书法家董其昌所书。

才出众。钟嵘也曾评论鲍令晖的诗歌“崭绝清巧”。鲍照兄妹二人才思不凡，常常诗文往还，表达兄妹情深，给后代留下了许多佳篇杰作。而《登大雷岸与妹书》就是其中的一篇。

此书信开篇先叙行程，冒雨出发，因秋雨连绵，山间溪水汇入长江，水面辽阔，逆流而上，风餐露宿，艰辛无比。秋天本就是悲凉多愁的季节，离家远行的鲍照心情凄怆，再遇上连绵雨水，只能慨叹一声：“如何如何！”但是胸怀壮志的鲍照并未沉浸在悲凉的旅途情绪之中，而将目光投向了沿路的风景。东顾有五洲之隔，西眺有九派之分，地门奇景、天边孤云激发了鲍照心中的远大志向。进一步眺望远景：南面层层叠叠的山峦，负势争高、高低起伏、连绵不尽、横亘大地；东面平原坦荡、无边无际，蓬草在黄昏的风中卷起，古树与云朵相互平行，鸟儿归巢；北面的水泽、潜流和湖泊相通，苎麻、蒿草积聚，菰米、芦苇丛生，水中的鸟和鱼弱肉强食、聒噪嘈杂；西面江水滔滔、烟波浩渺。这壮阔、瑰丽的风景不免引发鲍照的古今之思，在这浩浩荡荡的江水中，乡愁融入波涛，悲怆填满丘壑，烟云化为尘埃，而唯有江河奔腾汇集，东流不止。

行途固然艰辛，但当鲍照将目光投向沿路的山川和河流，在壮阔的山河和美丽的风景中遣散了羁旅之愁，心中壮志激荡，思绪连绵，像一个独立于天地之间的孤客，站立于高处睥睨河川、指点江山，卓然不群，高标独立。

西南望庐山，又特惊异。基压江潮，峰与辰汉相接。上常积云霞，雕锦缛。若华夕曜，岩泽气通，传明散彩，赫似绛天。左右青霭，表里紫霄。从岭而上，气尽金光；半山以下，纯为黛色。信可以神居帝郊，镇控湘、汉者也。

若漯①洞所积，溪壑所射，鼓怒之所豗②击，涌澓③之所宕涤，则上穷荻浦④，下至狶⑤洲，南薄⑥燕￼，北极雷淀，削长埤⑦短，可数百里。其中腾波触天，高浪灌日，吞吐百川，写泄万壑，轻烟不流，华鼎振涾⑧。弱草朱靡，洪涟⑨陇蹙，散涣长惊，电透箭疾。穹溘⑩崩聚，坻飞岭复。回沫冠山，奔涛空谷。碪石为之摧碎，碕岸为之虀⑪落。仰视大火，俯听波声，愁魄胁息，心惊慓矣！

至于繁化殊育，诡质怪章，则有江鹅、海鸭、鱼鲛、水虎之类，豚首、象鼻、芒须、针尾之族，石蟹、土蚌、燕箕、雀蛤之俦⑫，折甲、曲牙、逆鳞、返舌之属。掩沙涨，被草渚，浴雨排风，吹涝弄翮。夕景欲沈，晓雾将合，孤鹤寒啸，游鸿远吟，樵苏一叹，舟子再泣。诚足悲忧，不可说也。

风吹雷飙，夜戒前路。下弦内外，望达所届。寒暑难适，汝专自慎，夙夜戒护，勿我为念。恐欲知之，聊书所睹。临涂草蹙⑬，辞意不周。

**【注释】**

①潨（cóng）：众水汇合。
②豗（huī）：撞击。
③澓（fú）：通“洑”，水流回旋的样子。
④荻浦：水边。
⑤狶：同“豨”，野猪。
⑥薄：相近。
⑦埤：增加。
⑧振涾（tà）：水沸腾溢出的样子。
⑨洪涟：洪波。
⑩溘：突然。
⑪蠡（lí）：细碎。
⑫俦：种类。
⑬草蹙：匆忙。

**【解读】**

在环顾东西南北之后，鲍照将目光转向西南的庐山，顿时心生惊异之感。庐山山脚压着潮水，峰顶与星辰天汉相接，山上云霞堆积，雾气弥漫，霞光四射，色彩缤纷。面对如此瑰丽的庐山，鲍照不禁感叹这样的山峰的确可以凭借天神的威力镇守湘江、汉水流域。

庐山风光

描摹了山川盛景，鲍照又将目光投向河流。众水汇集奔流，山谷间溪水喷射，水流相互撞击的情景更是一道风景。波浪翻滚，有触碰苍穹、吞吐山川的气势；波上轻烟凝滞，岸边弱草披靡；水中各种生物应有尽有，外形怪诞，在沙滩上、洲渚边迎风沐雨。夕阳将沉，孤鹤悲鸣，樵夫叹息，船夫哭泣。面对此情此景，鲍照这个孤身在外的游子不免悲怆难当，愁闷不已。

此文虽是普通书信，但丰富生动的内容和酣畅淋漓的描写手法不禁使人惊叹。文章采用骈文形式，但并不是雕缋满眼的铺陈，而是展现了气势壮阔的风景、包举宇内的胸怀和澎湃激昂的感情，再借以比拟、想象、夸张的手法，使得山光水色、烟雾霞光、鹤鸟鸿雁等风物都有了栩栩如生的姿态，动人心魄。同时，鲍照在字里行间，也表达了建功立业的愿望和对于门阀社会的不满情绪。“长图大念，隐心者久矣！”激愤的诗句中充满着孤寒之士的人生隐痛，代表着当时无数才秀人微的寒士愤慨不平的心声。

# 李香君《在南都后宫私寄侯公子书》

落花无主，妾所深悲；飞絮依人，妾所深耻。自君远赴汴梁，屈指流光，梅开二度矣。日与母氏相依，未下胡梯一步。方冀重来崔护①，人面相逢；前度刘郎②，天台再到。而乃音乖③黄犬④，卜残灯畔金钱；信杳青鸾，盼断天边明月。已焉哉！悲莫悲于生别离。妾之处境，亦如李后主⑤所云“终日以泪洗面”而已。

比闻燕京戒严，君后下殿。龙友⑥偶来过访，妾探询音耗，渠惟望北涕零，哽无一语。呜呼！花残月缺，望夫方深化石之嗟；地圻天崩，神州忽抱陆沉之痛⑦。由甲申迄乙酉⑧，此数月中，烽烟蔽日，鼙鼓震空。南都君臣，遭此奇变，意必存包胥⑨哭楚之心，子房⑩复韩之志，卧薪尝胆，敌忾同仇。不谓正位⑪以后，马⑫入阁，阮⑬巡江。虎狼杂进，猫鼠同眠。翻三朝之旧案⑭，党祸重兴；投一网于诸贤，蔓抄殆遍。而妾以却奁夙恨，几蹈非灾。所幸龙友一力斡旋，方免提钦勘问，然犹逼充乐部，供奉掖庭。奏新声于玉树，春风歌燕子之笺⑮；

叶雅调于红牙，夜月谱春灯之曲⑯。嗟嗟！天子无愁，相臣有度⑰，此妾言之而伤心，公子闻之而疾首者也。

【注释】

①崔护：唐代诗人。其《题都城南庄》云："去年今日此门中，人面桃花相映红。人面不知何处去，桃花依旧笑春风。"描述了男女相识、分离之事。

②前度刘郎：指去了又来的人。

③乖：背离，隔绝。

④黄犬：相传西晋文学家陆机养有黄犬，能传送家书。

⑤李后主（937—978）：即南唐国君李煜。北宋开宝八年（975），宋军攻占南唐都城，李煜沦为阶下囚，自言"终日以泪洗面"。

⑥龙友：即侯方域好友杨文骢（1596—1646），字龙友。后文中的"渠"亦指杨龙友。

⑦陆沉之痛：陆地无水而沉陷，比喻国土沦陷。

⑧甲申迄乙酉：甲申，即公元1644年，这一年清兵入关，占领北京，崇祯皇帝自缢于煤山（今北京景山）。乙酉，公元1645年。

⑨包胥：申包胥，春秋时期楚国大夫。当时吴兵攻楚，进入楚国都城郢，申包胥至秦求救，连哭七天七夜，感动秦王救楚。

⑩子房：张良（约前250—前186），字子房，西汉著名谋士，其先辈中有五代曾任韩王之相。

⑪正位：指福王朱由崧被马士英等拥立于南京，建立弘光政权。

⑫马：指马士英（约1591—1646），明末凤阳总督，南明弘光朝内阁首辅。

⑬阮：指阮大铖（1587—1646），明末奸臣、戏曲作家，曾依附魏忠贤阉党，明亡后在南明弘光朝廷任兵部尚书等职。

⑭三朝之旧案：指明代神宗、光宗和熹宗三朝的党争。

⑮燕子之笺：《燕子笺》传奇，阮大铖作。

⑯春灯之曲：即《春灯谜》传奇，阮大铖作。

⑰有度：谱曲。

李香君曾经居住的媚香楼

【解读】

李香君（1624—1653），是明末著名歌姬，秦淮八艳之一，因孔尚任的戏曲《桃花扇》而闻名于世。李香君曾在秦淮河畔的媚香楼卖艺，后与复社文人侯方域相识相爱。但两人因得罪奸臣阮大铖而饱受磨难，侯方域被迫离开南京，李香君则被阮大铖送入南明宫中当歌姬。这封信就是李香君在宫中所写，表达了对侯方域的思念和爱意，同时也讽刺和批判了南明政府奸臣当道、朝政昏暗。

李香君落笔就感怀身世，表达思念。分别两年，而侯方域音信全无，自己只能在灯下用金钱占卜吉凶。金钱已经残破，良人却还是未归。无可奈何之际，她只能以泪洗面，俨然是一副深情女子的模样。但下一段笔锋陡转，开始叙及朝政和时事。明末，就朝廷外部来说，民生凋敝，饥民遍野，四方农民起义不断，同时北部女真族虎视眈眈。朝廷内部，皇帝独裁专制，又多怠于政治，致使奸佞横行。以至于 1644 年清军南下，明朝廷竟无抵抗之力，终至国灭。明朝宗室遭此变故，纷纷在南方抵抗清军。福王朱由崧在马士英、阮大铖的拥护下，建立南明弘光政权。但其并没有担负起复国的责任，而是迫害爱国的复社文人，推翻神宗、光宗、熹宗三朝旧案，重启东林党人之祸，忠臣贤士几乎被一网打尽。此时的朝廷可谓“虎狼杂进，猫鼠同眠”。值此国将破家将亡之际，朝内却是春风夜月，莺莺燕燕，朝臣不知亡国恨，园内犹唱《燕子笺》。而李香君虽为歌姬，却心胸不凡，表现出对时事的清醒认识和对于现状的悲叹。

虽然，我躬不阅，遑恤其他①。睹星河之耿耿，永巷如年；听钟鼓之迟迟，良宵未曙。花真独活②，何时再斗芳菲；草是寄生，惟有相依形影。乃有苏髯③幼弟，柳老④疏宗，同为菊部⑤之俦，共隶梨园之队。哀妾无告，悯妾可怜，愿传红叶之书⑥，慨作黄衫之客⑦。噫！佳人虽属沙吒利⑧，义士今逢古押衙⑨。患难知己，妾真感激涕零矣。

远望中州，神飞左右。未裁素纸，若有千言；及拂红笺，竟无一字。回转柔肠，寸寸欲折。附寄素扇香囊，并玉玦金钿各一。吁！桃花艳褪，血痕岂化胭脂⑩；豆蔻香销，手泽尚含兰麝。妾之志固如玉玦，未卜公子之志，能似金钿否也？宏光⑪二月，香君手缄。

【注释】

①我躬不阅，惶恤其他：语出《诗经》。躬，自身。惶恤，无暇顾及。
②独活：中药名。此处语意双关。指独活花，也有“独自得活”的意思。
③苏髯：原指苏轼，此处指苏昆生，明末清初著名唱曲艺人。
④柳老：原指柳宗元，此处指柳敬亭，明末清初著名说书艺人。

⑤菊部：宫中歌舞艺人所在之地。
⑥红叶之书：唐玄宗时期，一名宫女在红叶上题诗，并将红叶置于水中。红叶漂流到宫外，被秀才卢偓所得。
⑦黄衫之客：指侠士。唐代蒋防《霍小玉传》载：霍小玉被爱人李益遗弃后，抑郁而病，在其临终前，有身穿黄衫的侠客将李益带到她面前。
⑧沙吒利：代指强夺人妻的权贵。
⑨古押衙：唐传奇中的人物，好舍生忘死，成人之好。后为义士的代称。
⑩血痕岂化胭脂：指血溅桃花扇一事。
⑪宏光：即“弘光”，为福王建立南明时的年号。

《李香君像》叶衍兰（清）

【解读】

叙完国事，再谈自身。乱世之下难求一己之安，被逼迫在宫中做歌姬的李香君，身处幽暗深长的宫巷之中，度日如年。她以独活花和寄生草自比，惨淡凄凉的心境和无可奈何的慨叹流于笔端，但又不乏清洁于世、卓然独立的节操。而离别之后，有太多的经历要与侯方域诉说，即使是千言万语也难以道尽，待到下笔之时却愁肠百转，完全不知从何说起，这是久未联系之后终于可以重诉衷肠的忐忑心理。在信的最后，李香君又表明自己心如玉玦，情坚不变，字里行间，一片痴情，完全是小女子的缠绵情怀。

文章旁征博引，语言清丽，显示出李香君的卓然文采。而那份巾帼胜于须眉的卓识和气度，即使历经几百年的时光，依然为人敬佩。

# 郑燮《范县署中寄舍弟墨第二书》

吾弟所买宅，严紧密栗①，处家最宜。只是天井太小，见天不大，愚兄心思旷远，不乐居耳。是宅北至鹦鹉桥不过百步，鹦鹉桥至杏花楼不过三十步，其左右颇多隙地。幼时饮酒其旁，见一片荒地，半堤衰柳，断桥流水，破屋丛花，心窃乐之。若得制钱五十千，便可买地一大段，他日结茅有在矣。吾意欲筑一土墙院子，门内多栽竹树草花，用碎砖铺曲径一条，以达二门；其内茅屋二间，一间坐客，一间作房，贮图书史籍、笔墨、砚瓦、酒钟、茶具其中，为良朋好友后生小子论文赋诗之所。其后住家，主屋三间，厨房二间，奴子屋一间，共八间，俱用草苫②，如此足矣。清晨日尚未出，望东海一片红霞；薄暮斜阳满树，立院中高处，便见烟水平桥。家中宴客，墙外人亦望见灯火。南距汝家百三十步，东至小园仅一水，实为恒便。或曰："此等宅居甚适，只是怕盗贼。"不知盗贼亦穷民耳！开门延入，商量分惠，有甚么便拿甚么去；若一无所有，便王献之青毡③亦可携取，质百钱救急也。吾弟留心此地，为狂兄娱老之资，不知可能遂愿否？

【注释】

①密栗：坚硬稳固。

②草苫：用茅草编成的覆盖物。

③王献之青毡：典出《晋书 · 王献之传》。东晋书法家王献之在室内小憩，有小偷进入，王献之说："青毡我家旧物，可特置之。"后多以青毡故物比喻仕宦人家的传世之物。

【解读】

《范县署中寄舍弟墨第二书》是清代书画家、文学家郑燮写给弟弟的家书，表达了他希望居于山村雅室的愿望。中国古代的经济方式以自给自足的农业为主体，祖祖辈辈的农民躬耕田园，在"六月食郁及薁，七月亨葵及菽，八月剥枣，十月获稻"的悲喜苦乐中形成了悠久的农耕文化。乡村的典型生活、优美的田园风景，也在文人士大夫心中占据着重要位置。当他们厌倦官场、意欲归隐时，山水田园便是最美的归宿。如东晋陶渊明居于庐山北侧，采菊东篱；元代画家吴镇长住魏塘，深居简出，与自然融为一体。同他们一样，郑燮也以田园生活为乐。

郑燮（1693—1765），号板桥，人称板桥先生。出生时家道中落，但他资质聪颖，19 岁考中秀才，26 岁在真州江村设塾教书，30 岁时客居扬州以卖画为生，44 岁考中进士，先后任山东范县知县、潍县知县等职；后因在赈灾时迫使富豪平价售粮，被诬陷假借赈灾贪污，一怒之下，辞官离去。郑燮此后多往来于扬州、兴化之间，重操

江苏兴化郑板桥故居（图片提供：微图）

旧业，开始了卖画为生的晚年生涯。其性情之高洁，可见一斑。

《范县署中寄舍弟墨第二书》便具体展现了郑板桥的生活志趣。郑板桥在信中首先提到弟弟买的宅院严紧密实，最适合居家。不过他嫌天井太小，视野狭窄，不能让他眺远思高。他所想念的是小时候“半堤衰柳，断桥流水，破屋丛花”的荒地，这个地方曾经让他年幼的心窃喜不已，还想着日后有钱了可以买来盖一个茅屋。在荒破偏僻处寻得幽情，实乃天真可爱的心思。郑板桥甚至把屋内的布局都思虑周详了，何处栽花，何处铺径，几间客房，几间主屋，书房陈设等一应俱全。他也遥想起悠闲雅致的生活，清晨有红霞，日暮得斜阳，而在院子中就能看见远处的朦胧烟雾、美丽平桥。有趣的是，郑板桥在文末提到，茅屋招惹来盗贼又有何妨？盗贼也是贫民，把他们请进屋，有什么家当，就让他们拿什么好了。这样单纯善

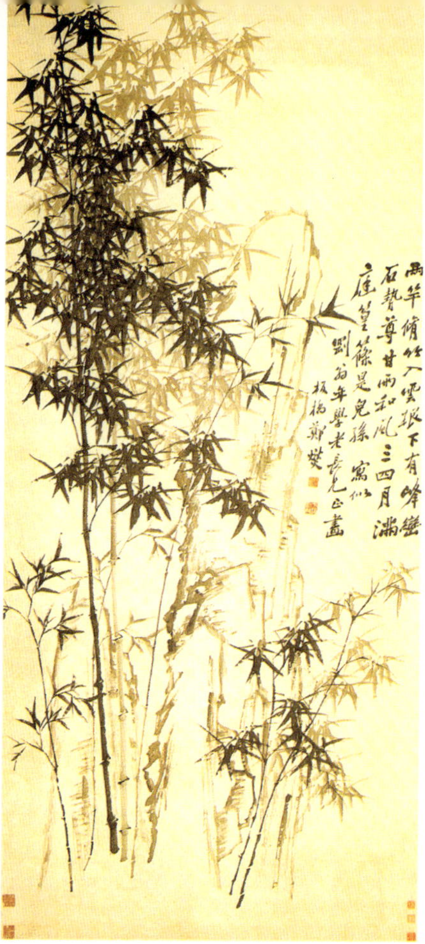

《峭石新篁图》郑板桥（清）

良的心思，是年幼的小孩子才有的。难怪林语堂先生对这段文字评价甚高，以为可以列于世界伟大作品之列。

这篇文字，也会让人想起郑板桥吟诗退小偷的故事。故事是说郑板桥辞官回家时，“一肩明月，两袖清风”，只有黄狗一条，兰花一盆，但依然有小偷上门。在一个风雨夜，小偷进屋，郑板桥发现后便低声吟道：“细雨蒙蒙夜沉沉，梁上君子进我门。”小偷走近床边，又听到郑板桥说：“腹内诗书存千卷，床头金银无半文。”小偷便决定回去了，结果郑板桥又提醒道：“出门勿惊黄尾犬，越墙莫损兰花盆。”小偷皆细心避开，然后听到屋内传来告别语：“天寒不及披衣送，趁着月黑赶豪门。”此事是否真实有待考证，但听来却是极为风趣的。林语堂的《吾国与吾民》中有这么一句话：“才子阶级中便多是‘大孩子’……这些人具有天性的孩子气，孩子脾气合以人生经验，使他们维持永久的年轻，我们称之为‘不朽’。”简单淳朴的郑板桥，就是属于这样一个“大孩子”。

# 董畹贞《寄汤贻汾书》

自君之出，几历星霜。紫燕伯劳，分飞两地。“岂无膏沐，谁适为容？”①虽有弱女慰情，争似齐眉举案②？天寒日暮，倚伫抚松，寂寂无可排遣。有时寄兴，写梅数帧，天地心孤，亦复谁能省得？

夫子浙西远官，敦诗说礼，幸值承平。然训练士卒，骑射劳形。纵春夏读书，秋冬射猎，亦足以骋其壮怀。惟君以累代书香，只因先人殉国家之难，袭此武职，遂令抛弃笔砚，从事执干戈以卫社稷。《诗》云“伯也执殳，为王前驱”③，夫子之谓也；又云“自伯之东，首如飞蓬”④，畹贞之谓也。诗言其志，亦言其情。情之所至，志为之坚。君有其志，妾有其情。有时志为情移，情为志转。君为志而移其情耶？夫志在功名富贵，则其志渝；志在流水高山，则其志笃。君渝其志而转其情欤？抑移其情而笃其志欤？

孟浩然有南山归卧之诗⑤，孔稚圭有北山招隐之文⑥。山南山北，即君与妾鸿光唱随之地也。况钟阜云深，蒋岩林密，泉清泉浊，可以栖迟，何必向软红尘里求生活哉？转使容膝庐虚，画眉阁冷。李白所谓“人生若梦，为欢几何”⑦，此言及时行乐也；陶潜有云“三径就荒，松菊犹存”⑧，此言今是昨非也。君何惜一官而不赋归去来兮，自甘心为形役乎？归欤！归欤！陌上花开，可以缓缓归矣。

【注释】

①岂无膏沐，谁适为容：语出《诗经·卫风·伯兮》，意思是脂粉虽然很多，但又为谁妆扮呢？

②齐眉举案：典出《后汉书·梁鸿传》。东汉梁鸿的妻子孟光每次给梁鸿送饭时，都把托盘举得与眉毛一样高。后多用来形容夫妻恩爱。

③伯也执殳，为王前驱：语出《诗经·卫风·伯兮》，意思是拿起武器，为国家征战。

④自伯之东，首如飞蓬：语出《诗经·卫风·伯兮》，意思是在夫君离开后，妻子无心打扮，头发乱如杂草一般。

⑤孟浩然有南山归卧之诗：唐代诗人孟浩然《京还赠张维》中有“拂衣去何处，高枕南山南”一句，表达了孟浩然的归隐之意。

⑥北山招隐之文：南北朝时期的孔稚圭作有《北山移文》，声讨先隐后仕的周颙，表达对假隐士的深恶痛绝。

⑦人生若梦，为欢几何：语出李白《春夜宴从弟桃花园序》：“浮生若梦，为欢几何？”

⑧三径就荒，松菊犹存：语出陶渊明《归去来兮辞》。

【解读】

《寄汤贻汾书》是清代著名女文学家、书画家董畹贞写给丈夫汤贻汾的书信，目的在于劝诫汤贻汾不要为官场功名所累，及时归隐田园。

从古至今，文坛上就有很多才子佳人的诗文唱和，如西汉有

《牡丹图》董畹贞（清）

《梅花图》汤贻汾（清）

司马相如和卓文君的诗文往来，东汉有秦嘉、徐淑的诗歌赠答，宋代有李清照、赵明诚的金石之恋，到了清代则有汤贻汾和董畹贞的诗画相和。他们的文字因为真挚动人的爱情流传更加深远，至今为人遥羡叹赏。清代的汤贻汾和董畹贞之间的赠答更有别致的地方，他们的相和不仅是诗文，还有画作。比如汤贻汾远在九江任职的时候，董畹贞画了一枝梅，题诗《卜算子》：“折得岭南梅，忆著江南雪。君到江南雪一鞭，可是梅时节。画了一枝成，没个谁评说。抵得家书寄与看，瘦似人今日。”颇有情趣的小诗里蕴含着动人的思念。

董畹贞，字双湖，号蓉湖，因为“生长蓉湖家澉湖”，自号“双湖女史”。祖父董潮能诗擅文，是当时嘉禾文坛的“八子”之一。她自幼受祖父诗文书画的熏陶，多才多艺，后来嫁给汤贻汾。汤贻汾，字若仪，号雨生，祖父汤大奎是乾隆年间的进士，曾经担任台湾凤山县知县。乾隆五十一年（1786），彰化县天地会林爽文起事。在与天地会斗争的过程中，汤大奎和长子汤荀业殉难。乱事平息之后，汤大奎被赐祭葬，汤贻汾荫袭云骑尉，逐渐在官场上平步青云。但咸丰三年（1853），太平军逼近南京，城池陷落之后，汤贻汾投水而死。汤贻汾博学多识，琴棋书画无一不通，尤其工于书画，在常州画派的继承和演化中颇有影响。当汤贻汾与董畹贞成婚后，夫妻二人志同道合，诗画唱和，一门风雅。

这封《寄汤贻汾书》即为汤贻汾与董畹贞的诗文互动，是董畹贞寄给远戍浙西的丈夫。信中倾诉了分别异地后对丈夫无限的思念之情。天寒日暮时抚松盘桓，画梅几枝也难掩孤独。想到丈夫本是书香之家的子弟，偏偏承袭了武职，所以询问丈夫是改变志向而服从爱好，还是改变爱好来坚持志向？信末谈到孟浩然的归隐诗歌、孔稚圭的招隐文、李白的及时行乐和陶潜的归园田居，召唤丈夫早日归来，不要被功名利禄所束缚，不要为都市车马繁喧而停留。夫妻二人隐居山林，在深山密林里夫妇唱和，自得其乐。全篇文笔优美，情真意切，有着对于世间功名和人生情趣的独到认识。

# 曾国藩《与诸弟书》

诸位贤弟足下：

九弟到家，遍走各亲戚家，必各有一番景况，何不详以告我？四妹小产，以后生育颇难，然此事最大，断不可以人力勉强，劝渠①家只须听其自然，不可过于矜持。又闻四妹起最晏②，往往其姑③反服事他；此反常之事，最足折福，天下未有不孝之妇而可得好处者。诸弟必须时劝导之，晓之以大义。

诸弟在家读书，不审每日如何用功？余自十月初一日立志自新以来，虽懒惰如故，而每日楷书写日记，每日读史十页，每日记茶余偶谈一则，此三事者，未尝一日间断。十月二十一日立誓永戒吃水烟，洎④今已两月不吃烟，已习惯成自然矣。予自立课程甚多，惟记茶余偶谈，读史十页，写日记楷本，此三事者，誓终身不间断也。诸弟每日自立课程，必须有日日不断之功，虽行船走路，须带在身边。予除此三事外，他课程不必能有成，而此三事者，将终身行之。

盖士人读书，第一要有志，第二要有识，第三要有恒。有志则断不敢为下流。有识则知学问无尽，不敢以一得自足，如河伯之观海⑤，如井蛙之窥天⑥，皆无识也。有恒则断无不成之事。此三者，缺一不可。诸弟此时惟有识不可以骤几，至于有志有恒，则诸弟勉之而已。予身体甚弱，不能苦思，苦思则头晕；不耐久坐，久坐则倦乏，时时属望，惟诸弟而已。兄国藩手草。道光二十二年⑦十二月二十。

**【注释】**

①渠：他（她）。
②晏：迟，晚。
③姑：丈夫的母亲，即婆婆。
④洎：至，到。
⑤河伯之观海：典出《庄子·秋水》。河伯自满于河水之多，直到看见海洋后才发现自己渺小，于是望洋而叹。后多以“河伯观海”比喻天外有人。
⑥井蛙之窥天：典出《庄子·秋水》，比喻见识短浅。
⑦道光二十二年：即公元 1842 年。

**【解读】**

此封《与诸弟书》是曾国藩的家信之一，主要在于勉励他的弟弟们自立课程。

曾国藩（1811—1872），字伯函，号涤生，是中国近代历史上的风云人物，与李鸿章、左宗棠、张之洞并称“晚清四大名臣”。他出生于晚清的一个地主家庭，自幼勤奋好学，于道光十三年（1833）

考取秀才，次年到长沙岳麓书院学习，并在这一年考中举人。但会试屡次未中，直到道光十八年（1838）才金榜题名，被赐进士出身，从此走上了仕途。他先后担任翰林院庶吉士、文渊阁值阁事、内阁学士、稽察中书科事务、礼部侍郎、工部侍郎、刑部侍郎、吏部侍郎等职，可谓仕途顺畅，志得意满。然而，曾国藩因为在镇压太平天国运动时，有屠杀大量无辜平民的行为，被冠以“曾屠户”的称号。又在处理“天津教案”时主张对外让步、指责天津百姓滋生事端，激起部分朝廷人士和百姓的不满。

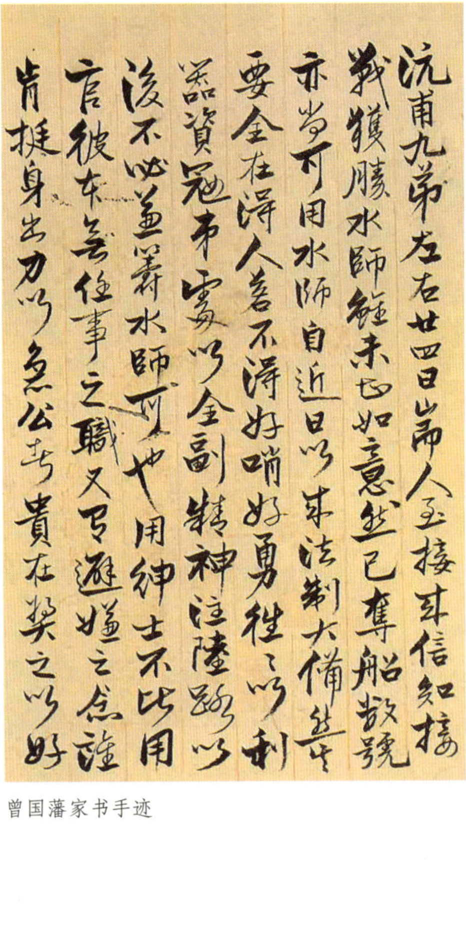
沅甫九弟左右：廿四日專人至，接來信，知接
戰獲勝，水師雖未必如意，然已奪船數號，
亦尚可用。水師自近日以來，法制大備，然
要全在得人。若不得好哨好勇，繼之以利
器資冠帶，實以全副精神注陸路，以
後不必並籌水師可也。用紳士不比用
官，彼本無任事之職，又有避嫌之念，誰
肯挺身出力以急公事？貴在獎之以好

曾国藩家书手迹

湖南双峰曾国藩故居（图片提供：微图）

尽管这位清末政治人物获得的评价毁誉参半，不过他的一部家书却是为人激赏。其行文论及治政、治家、治学之道，从容镇定，行文严谨，在平平常常的家常语言中，既有语重心长的谆谆教导，又有修身齐家的苦口良言，有“道德文章冠冕一代”的赞誉。

在此信中，曾国藩首先从他四妹小产的事情谈起。他既担忧妹妹以后生育困难，又劝诫妹妹不要以人力勉强。同时又责备了妹妹晚起，反而让其婆婆服侍起居饮食。在奉行程朱理学的曾国藩眼中，此种行为便是有违礼法，会导致折福，更是不孝，得不到好的下场。虽然折寿之说未免迷信，不过曾国藩劝慰妹妹、指导妹妹为人处世，言语之中显出了为人兄长的责任和兄妹深情。当然，信中最主要的是谈及读书的方法。他以自己“每日楷书写日记，每日读史十页，每日记茶余偶谈一则”这三件事为例，劝导弟弟们读书贵在坚持不懈。进而说到读书要有志、有识、有恒，如此便会奋发进取，不断求知，最终学有所成。行文之间，可以看出曾国藩严于律己又言传身教，可谓修身齐家。

# 林觉民《与妻书》

意映①卿卿如晤：

吾今以此书与汝永别矣！吾作此书时，尚是世中一人；汝看此书时，吾已成为阴间一鬼。吾作此书，泪珠和笔墨齐下，不能竟书而欲搁笔。又恐汝不察吾衷，谓吾忍舍汝而死，谓吾不知汝之不欲吾死也，故遂忍悲为汝言之。

吾至爱汝，即此爱汝一念，使吾勇于就死也。吾自遇汝以来，常愿天下有情人都成眷属。然遍地腥云，满街狼犬，称心快意，几家能够？司马春衫②，吾不能学太上③之忘情也。语云：仁者"老吾老以及人之老，幼吾幼以及人之幼"。吾充吾爱汝之心，助天下人爱其所爱，所以敢先汝而死，不顾汝也。汝体吾此心，于啼泣之余，亦以天下人为念，当亦乐牺牲吾身与汝身之福利，为天下人谋永福也。汝其勿悲！

汝忆否？四五年前某夕，吾尝语曰："与使吾先死也，无宁汝先吾而死。"汝初闻言而怒，后经吾婉解，虽不谓吾言为是，而亦无词相答。吾之意盖谓以汝之弱，必不能禁失吾之悲，吾先死留苦与汝，吾心不忍，故宁请汝先死，吾担悲也。嗟夫！谁知吾卒先汝而死乎！吾真真不能忘汝也！回忆后街之屋，入门穿廊，过前后厅，又三四折，有小厅，厅旁一室，为吾与汝双栖之所。初婚三四个月，适冬之望日④前后，窗外疏梅筛月影，依稀掩映，吾与（汝）并肩携手，低低切切，何事不语？何情不诉？及今思之，空余泪痕。又回忆六七年前，吾之逃家复归也，汝泣告我："望今后有远行，必以告妾，妾愿随君行。"吾亦既许汝矣。前十余日回家，即欲乘便以此行之事语汝，及与汝相对，又不能启口，且以汝之有身也，更恐不胜悲，故惟日日呼酒买醉。嗟夫！当时余心之悲，盖不能以寸管形容之。

【注释】

①意映：即陈意映，为林觉民的妻子。
②司马春衫：此处应为"司马青衫"的误写。语出白居易《琵琶行》："座中泣下谁最多，江州司马青衫湿。"比喻同情之心。
③太上：道德高尚的圣人。
④望日：农历每月十五。

【解读】

《与妻书》是近代革命党人林觉民在广州起义前三天写给妻子陈意映的绝笔信。甲午战争失败以后，各国列强开始掀起瓜分中国的狂潮，面临着国破家亡的威胁，无数仁人志士应时而起，为了挽救民族的危亡而奔走。孙中山先生于1905年组织成立了同盟会，此后在广东和西南地区发动了数次武装起义，但均因准备不足而以失

黄花岗七十二烈士墓（图片提供：微图）

1911 年 4 月 27 日的广州起义最终以失败告终，人们将牺牲的 72 烈士遗骸葬于广州黄花岗，称“黄花岗七十二烈士”。林觉民就是其一。

败告终。1910 年广州新军起义失败后，孙中山先生决定总结以往的失败教训，在广州发动起义，推动全国革命形势的发展。不过由于诸种原因，广州起义最后成为黄兴领导的孤军作战。林觉民即是起义的参与者之一。

林觉民，字意洞，号抖飞，福建闽县（今福州）人。据说他 13 岁时参加科举考试，但无意于功名利禄，所以在考卷上题了“少年不望万户侯”，然后扬长而去；14 时考入全闽大学堂，开始接受民主革命思想，推崇自由平等学说；19 岁时回乡娶陈意映为妻，同时兴办女学，介绍世界大势、抨击封建礼教，鼓励家中姐妹上学。在两年闲适、愉悦的婚姻生活之后，林觉民于 1907 年赴日本留学，在庆应大学学习哲学。在此期间他积极从事革命活动，加入同盟会。1911 年得到同盟会的通知，回国号召福建同志参加广州起义。在发动起义后，林觉民以敢死队领先袭击总督衙门，不幸中弹被捕。他入狱后绝食斗争，最后被杀害，葬于黄花岗。

在此信的开篇，林觉民就点出“永别”，壮士之心令人震撼。他担心妻子误会自己舍她而去，因而写信向妻子解释、告别。正是对妻子的真挚感情，才是他敢于英勇就义的动力。但君子博爱，在沉浸在自己的爱恋之中时，他也希望天下有情人终成眷属。当日中国遍地腥风血雨，满地狼犬相争，大的国家尚且不能安定兴旺，小的家庭又怎能称心如意。林觉民是钟情的好丈夫，但是又是胸怀天下的好男儿，所以只能舍小爱而成全民族大义。

林觉民与妻子陈意映一直聚少离多，但短暂的时光依然留下很多美好的回忆。他追忆往事，新婚之初的甜蜜、几番别离的难舍、偶尔争执的真情、欲语还休的痛苦，都是萦绕于心的记忆。陈意映虽然对林觉民的革命抱负一知半解，但在言辞之间又包含着理解和深情，更是提出要和林觉民一起并肩作战。但这一次，林觉民自知必然凶多吉少，所以面对妻子时，始终没有谈及起义之事。

吾诚愿与汝相守以死，第以今日事势观之，天灾可以死，盗贼可以死，瓜分之日可以死，奸官污吏虐民可以死，吾辈处今日之中国，国中无地无时不可以死，到那时使吾眼睁睁看汝死，或使汝眼睁睁看吾死，吾能之乎？抑汝能之乎？即可不死，而离散不相见，徒使两地眼成穿而骨化石，试问古来几曾见破镜能重圆？则较死为苦也，将奈之何？今日吾与汝幸双健，天下人之不当死而死，与不愿离而离者，不可数计，钟情如我辈者，能忍之乎？此吾所以敢率性就死不顾汝也。吾今死无余憾，国事成不成，自有同志者在。依新①已五岁，转眼成人，汝其善抚之，使之肖我。汝腹中之物，吾疑其女也，女必像汝，吾心甚慰。或又是男，则亦教其以父志为志，则我死后尚有二意洞在也。甚幸！甚幸！吾家后日当甚贫，贫无所苦，清静过日而已。

**【注释】**

①依新：林觉民的长子，9岁时夭折。

**【解读】**

因为有那么多美好的回忆，林觉民本心也愿意与妻子白头偕老，相伴而终。但在腥风血雨的年代，人们可能因为自然灾害而死，可能因为遇到盗贼而死，可能在列强入侵时死去，可能受贪官污吏残害而死，平民百姓无论何时何地都可能因为各种各样的原因而死去。与其等到他日国破家亡人离散，不如今日为国事而率性就死。至于妻子腹中的胎儿，林觉民也恋恋不舍，但他同时又是欣慰的，有贤惠的妻子加以教导，如果是女儿，长大后必定会像妻子一般知书达理；如果是男孩，林觉民希望他像自己一样为国而奋战。临终托孤，更添了一番辛酸。

乱世之中，面对一己的安乐与一国的兴亡，每一位国民必定心存挣扎，难以抉择，但真的勇士必定能够心怀大义。书信中多有反问句或感叹句，表达出林觉民就义之前激昂的情绪和不安的心情，没有畏惧和退缩，一股凌然之气弥漫于文字之间，不禁让人心生敬意。

吾今与汝无言矣！吾居九泉之下，遥闻汝哭声，当哭相和也。吾平日不信有鬼，今则又望其真有。今人又言心电感应有道，吾亦望其言是实，则吾之死，吾灵尚依依旁汝也，汝不必以无侣悲。

吾平生未尝以吾所志语汝，是吾不是处，然语之，又恐汝日日为吾担忧。吾牺牲百死而不辞，而使汝担忧，的的非吾所忍。吾爱汝至，所以为汝谋者惟恐未尽。汝幸而偶我，又何不幸而生今日之中国！吾幸而得汝，又何不幸而生今日之中国！卒不忍独善其身。嗟夫！巾短情长，所未尽者，尚有万千，汝可以模拟得之。吾今不能见汝矣！汝不能舍吾，其时时于梦中寻我乎！一恸！辛未①三月廿六夜四鼓，意洞手书。

家中诸母皆通文，有不解处，望请其指教，当尽吾意为幸。

**【注释】**

①辛未：应是“辛亥”，即 1911 年。

**【解读】**

忆往事，述生死，然后林觉民想象死后以哭相和、以灵相伴、以梦相见，声声泪，字字血，情意缠绵，悲恸不绝。一生所幸是二人得以相见、相识并相知相恋，一生所不幸是因为生在乱世之中国。

英雄并不是因为无情才离家远去，而是面对山河飘零，国土的“这一角已变成灰烬，那一角只是血和泥”，只能将一己私利抛之脑后，将儿女情长融汇在对于国家的大爱之中。他们的深情不是朝

林觉民与家人合影照

第二排身穿黑衣白裤、戴帽的男子即为林觉民。

朝暮暮的相依相伴，而是深深埋在心底的绵长情愫。这样的深情，在每一个抛头颅、洒热血的日子里，也成为支撑他们为了更多人安定幸福的未来而坚持不懈的动力。在那个动乱的时代，有太多太多的仁人志士为了国家和民族的存亡而离开家庭，投身战争，至死不悔。所以林觉民的绝笔不仅代表着他一个人的志气，也是那无数英勇就义的英雄的心意。

# 与友人书

中国自古是礼仪之邦，性情相投的朋友之间更是盛行君子之交。大思想家孔子曾发出「有朋自远方来，不亦乐乎」的感慨，唐代诗人王勃写下盛赞友情的名句「海内存知己，天涯若比邻」。而书信，则是友人们交流感情的重要方式之一。与友人书，内容包罗万象，情感丰沛真实，读来不失为一种精神享受。

# 范蠡《遗大夫种书》

吾闻天有四时，春生冬伐；人有盛衰，泰①终必否②。知进退存亡而不失其正，惟贤人乎？蠡虽不才，明知进退。高鸟已散，良弓将藏；狡兔已尽，良犬就烹。夫越王为人，长颈鸟喙，鹰视狼步，可与共患难，而不可同处乐，可与履③危，不可与安。子若不去，将害于子，明矣！

**【注释】**

①泰：平安，美好。
②否（pǐ）：不好的，坏的。
③履：经历。

**【解读】**

《遗大夫种书》是范蠡在帮助越王勾践成功灭吴后，留给朋友文种的信函，以劝诫文种同自己一样隐退，免得招惹杀身之祸。

范蠡，春秋时期楚国苑地人，出身贫贱，但博学多才、胸藏韬

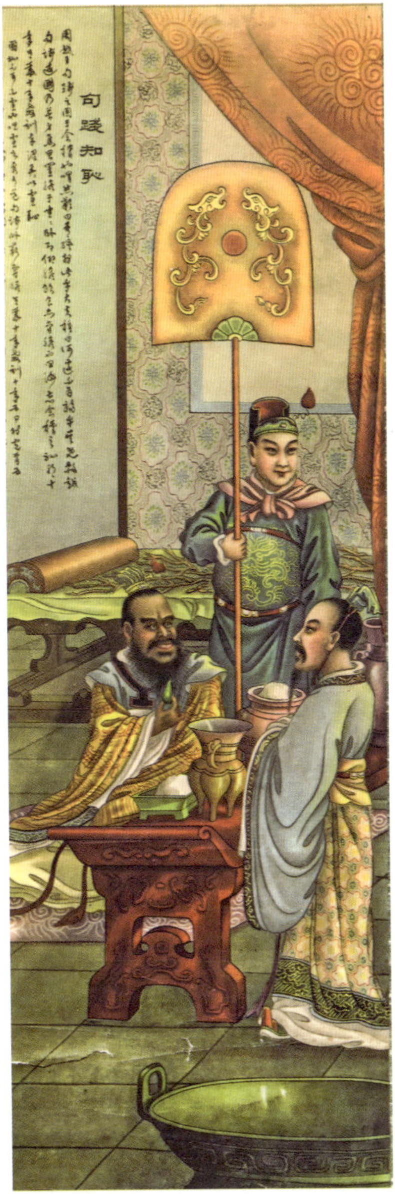


勾践侍奉夫差像（图片提供：微图）

略，年轻时与楚苑令文种相识。当时的楚国贵胄专权，政治紊乱，范蠡不为所用，便和文种一起投奔到越国。公元前496年，吴国和越国在今浙江嘉兴一带发生了槜李之战，吴王阖闾重伤而死，从此两国结怨。阖闾临终前留下遗言，要他的儿子夫差报仇雪恨。所以，到了两国的继承者吴王夫差和越王勾践在位的时候，两国依然战火不休。公元前494年，夫差为报父仇，与越国在夫椒（今江苏苏州市西南太湖中洞庭西山）决战，大败越王勾践。当时勾践仅剩5000兵卒，逃入会稽山。范蠡劝勾践忍辱求生，屈身服侍夫差，等待转机。因此两国议和，越王夫妇前往吴国为奴。勾践本想让文种随同，但范蠡认为治国之道自己比不上文种，便自愿随从勾践夫妇前往吴国，留文种在越国处理国事。三年后，历经屈辱生活的勾践一行人，终于返回越国。在范蠡、文种等贤士的辅助之下，越王勾践制定灭吴九术，实施“十年生聚，十年教训”的人口、财富和教化政策，卧薪尝胆，发愤图强，终于恢复国力。经过二十多年的战争，勾践最后完成灭吴大业，成为春秋时期的最后一位霸主。勾践灭吴后，范蠡被尊为上将军，可以说是功成名就，无限风光。但范蠡却急流勇退，临走时还写信奉劝文种一起归隐。

在信中，范蠡先是揭露自然和人生的普遍规律，说明自然界从生机勃勃的春季、万物勃发的夏季、生命凋零的秋季再至生命死亡的冬季，四时交替。由此类推，人也是如此，虽然此时风光无限，不过繁华至极也是衰落之时。君王在危难之际网罗贤士，不过在江山稳定之后，却又会时时提防昔日功勋卓著的贤臣，这就是所谓的“兔死狗烹，鸟尽弓藏”。范蠡深刻懂得历史的规律，也早已看清勾践凶残奸诈的本性，可以共患难，不可以同安乐，所以他选择功成身退。而贪恋荣华富贵、滞留不去的文种，最终因勾践听信小人谗言而被杀死。

范蠡隐退后更姓易名，带着儿子和门徒在齐国海边结庐而居，躬耕田园的同时经营商业，积累家产千万，后为齐国君王赏识，担任齐相。但他三年后再次隐退，搬到陶这个地方经商，囤积居奇，“夏则资皮，冬则资絺，旱则资舟，水则资车，以待乏也”，获得家产万贯，自号“陶朱公”。观范蠡一生，无论是曾经的政治才干，还是后来的商业成就，都与其自省精神和洞幽察微的能力密切相关。

# 司马迁《报任少卿书》

太史公①、牛马走②、司马迁，再拜言。

少卿③足下：曩④者，辱赐书，教以顺于接物，推贤进士为务。意气勤勤恳恳，若望⑤仆不相师用，而流俗人之言。仆非敢如此也！虽罢驽⑥，亦侧闻长者遗风矣。顾自以为身残处秽，动而见尤，欲益反损，是以抑郁，而无谁语。谚曰："谁为为之？孰令听之！"盖钟子期死，伯牙⑦终身不复鼓琴。何则？士为知己用，女为说⑧己容。若仆，大质已亏缺矣，虽才怀随和⑨，行若由夷⑩，终不可以为荣，适足以发笑而自点⑪耳。

书辞宜答，会东从上来⑫，又迫贱事，相见日浅，卒卒⑬无须臾之间，得竭指意。今少卿抱不测之罪，涉旬月，迫季冬，仆又薄从上上雍，恐卒然不可为讳⑭。是仆终已不得舒愤懑以晓左右，则长逝者魂魄私恨无穷。请略陈固陋。阙然久不报，幸勿过。

【注释】

①太史公：汉代史官太史令的通称。
②牛马走：谦称，像牛马一样供人使唤。
③少卿：即任安，字少卿，曾任益州刺史、北军使者护军等职。
④曩（nǎng）：从前。
⑤望：埋怨。
⑥罢驽：比喻才能拙劣低下。罢，通“疲”。驽，指劣马。
⑦伯牙：春秋时楚国人，善于鼓琴，有知音钟子期。钟子期因病亡故后，伯牙悲痛万分，破琴绝弦，终身不再鼓琴。事见《吕氏春秋·本味篇》。
⑧说：通“悦”。
⑨随和：指随侯珠、和氏璧，是古代价值连城的珍宝，此处比喻像珠宝一样美好的才德。
⑩由夷：指许由和伯夷，两人均是古代品德高尚的人。
⑪点：通“玷”，玷污。
⑫东从上来：指太始四年（前93），司马迁随同汉武帝东巡泰山。
⑬卒卒：通“猝猝”，匆匆忙忙的样子。
⑭不可为讳：死的委婉说法。

【解读】

《报任少卿书》是汉代史学家、文学家司马迁写给友人任安（字少卿）的一封回信。司马迁因李陵之祸而受到牵连，被处以宫刑，出狱后官任中书令。当时他的朋友任安曾写信给他，希望他能利用机会向朝廷举荐贤能之才。司马迁基于自己的悲痛遭遇和尴尬处境，一直未能复信。后来，巫蛊祸起，戾太子刘据受诬，举戈发难，兵败自杀。任安虽受太子命令，但按兵不动，被汉武帝认为是“坐观成败有二心”，而投入监狱之中。这时，司马迁担心任安被杀，提笔写下这封回信。他在信中，申述了自己因李陵之祸遭受奇耻大辱，以及因此郁积在内心的痛苦和愤懑，表明自己活着便是为了著书的理想。

信的第一部分，司马迁首先简述了收到来信却不能“推贤进士”的原因，并为自己未能及早回信做解释。非不愿也，是不能也。身体残缺、处于耻辱境地的司马迁纵然有推荐贤良的用心，可是因为处境不堪，做事是心有余而力不足。言辞之间，难掩愁闷，可以看出这位中书令在身受屈辱之后的惨淡心境。这封信从某种程度上，也可以解读为司马迁自遭受李陵之祸后，内心愤懑控诉和难言之隐的畅述。

仆闻之："修身者，智之府也；爱施者，仁之端也；取予者，义之符也；耻辱者，勇之决也；立名者，行之极也。"士有此五者，然后可以托于世，列于君子之林矣。故祸莫憯①于欲利，悲莫痛于伤心，行莫丑于辱先，诟②莫大于宫刑。刑余之人，无所比数，非一世也，所从来远矣！昔卫灵公与雍渠③同载，孔子适陈；商鞅因景监④见，赵良⑤寒心；同子参乘，袁丝变色⑥：自古而耻之！夫中材之人，事有关于宦竖⑦，莫不伤气，况慷慨之士乎？如今朝廷虽乏人，奈何令刀锯之余荐天下豪俊哉！仆赖先人绪业，得待罪辇毂⑧下，二十余年矣。所以自惟⑨：上之，不能纳忠效信，有奇策才力之誉，自结明主；次之，又不能拾遗补阙，招贤进能，显岩穴之士；外之，不能备行伍，攻城野战，有斩将搴旗⑩之功；下之，不能累日积劳，取尊官厚禄，以为宗族交游光宠。四者无一遂，苟合取容，无所短长之效，可见于此矣。乡者仆亦尝厕⑪下大夫之列，陪外廷末议，不以此时引维纲，尽思虑，今已亏形为扫除之隶，在阘茸⑫之中，乃欲昂首信眉，论列是非，不亦轻朝廷羞当世之士邪！嗟乎嗟乎！如仆，尚何言哉！

【注释】

司马迁编写《史记》（蜡像）

①憯：通“惨”，悲惨。
②诟：耻辱。
③雍渠：春秋时卫国宦官。据《孔子家语》记载，卫灵公和夫人乘车出游时，令宦官雍渠同车，而让孔子坐后面一辆车。孔子深以为耻，就离开了卫国。
④景监：秦孝公宠信的宦官，曾向秦孝公推荐商鞅。
⑤赵良：秦国贤士。
⑥同子参乘，袁丝变色：同子，指汉文帝的宦官赵谈，因与司马迁的父亲司马谈同名，避讳而称“同子”。袁丝，汉文帝时的官员。据《汉书·袁盎列传》记载，汉文帝看望母亲时曾让同子陪乘，郎中袁丝因此脸色大变。
⑦宦竖：泛指宦官。
⑧辇毂（gǔ）：皇帝车驾，此处代指京城。
⑨惟：思考。
⑩搴（qiān）旗：拔取敌旗，指建功立业。
⑪厕：参与。
⑫阘（tà）茸：下贱，低劣。

【解读】

司马迁在这一部分具体分析了自己受到宫刑后的处境。他以修身养性、乐于施舍、合理取舍、懂得耻辱、树立美名为士人的五种品德。事实上，司马迁本人也是严于律己，他幼年时即随父亲司马谈到长安，师从老博士伏生、大儒孔安国，学养深厚。元封元年（前110），司马谈病逝，司马迁继承父亲遗志，成为一名史官，得以遍览宫廷的图书史料。太初元年（前104），意气风发的司马迁开始编写《史记》。然而，宫刑之祸，几乎毁掉了司马迁所有的信心。

司马迁认为，受到宫刑的自己再也没有资格推举贤才。这种观点并不是他的自怨自艾，古已有之。如孔子看到卫灵公和宦官同车，就离开卫国；商鞅依靠宦官景监引荐，赵良因此寒心；宦官赵谈陪汉文帝乘车出行，郎中袁丝发怒。可见，宦官的地位是低下的。司马迁面临的处境便是对上不能进献忠信、推贤举能，对外不能参军杀敌、建立功勋，即使想光宗耀祖、高官厚禄也不可行。这对壮志凌云的司马迁而言，无疑是悲痛的。他想到身体健全时，尚未能竭尽才思、献言献策，在身体残疾、地位卑下的时候又怎能昂首扬眉品论是非？心酸无奈之际，司马迁只能发出“嗟乎！嗟乎！如仆尚何言哉？尚何言哉”的慨叹。

且事本末未易明也。仆少负不羁之才，长无乡曲之誉。主上幸以先人之故，使得奉薄技，出入周卫①之中。仆以为戴盆何以望天②？故绝宾客之知，亡室家之业，日夜思竭其不肖之才力，务一心营职，以求亲媚于主上。而事乃有大谬不然者！

夫仆与李陵③，俱居门下，素非相善也。趣舍异路，未尝衔杯酒接殷勤之欢。然仆观其为人自奇士，事亲孝，与士信，临财廉，取予义，分别有让，恭俭下人。常思奋不顾身，以徇国家之急。其素所畜积也，仆以为有国士之风。夫人臣出万死不顾一生之计，赴公家之难，斯已奇矣。今举事一不当，而全躯保妻子之臣，随而媒蘖④其短，仆诚私心痛之！且李陵提步卒不满五千，深践戎马之地，足历王庭，垂饵虎口，横挑强胡。仰亿万之师，与单于连战十余日，所杀过当，虏救死扶伤不给。旃裘⑤之君长咸震怖，乃悉征其左右贤王，举引弓之民，一国共攻而围之。转斗千里，矢尽道穷，救兵不至，士卒死伤如积。然李陵一呼劳军，士无不起躬流涕，沫血⑥饮泣，张空弮⑦，冒白刃，北首争死敌。

陵未没时，使有来报，汉公卿王侯皆奉觞上寿⑧。然数日陵败，书闻，主上为之食不甘味，听朝不怡。大臣忧惧，不知所出。仆窃不自料其卑贱，见主上惨凄怛悼，诚欲效其款款之愚。以为李陵素与士大夫绝甘分少，能得人之死力，虽古之名将不过也；身虽陷败彼，观其意，且欲得其当而报于汉；事已无可奈何，其所摧败，功亦足以暴于天下。仆怀欲陈之，而未有路。适会召问，即以此指，推言陵功，欲以广主上之意，塞睚眦⑨之辞。未能尽明，明主不深晓，以为仆沮贰师⑩，而为李陵游说，遂下于理。拳拳之忠终不能自列，因为诬上，卒从吏议。家贫，货赂不足以自赎。交游莫救，左右亲近不为一言。身非木石，独与法吏为伍，深幽囹圄⑪之中，谁可告诉者！此正少卿所亲见，仆行事岂不然邪？李陵既生降，颓其家声，而仆又茸⑫之蚕室⑬，重为天下观笑。悲夫悲夫！事未易一二为俗人言也。



【注释】

①周卫：严密防卫的地方，此处指宫禁之中。

②戴盆何以望天：当时的谚语，形容识见浅陋。

③李陵（？—前74）：汉代名将李广之孙，汉武帝时率兵与匈奴作战，因寡不敌众兵败投降。

《苏李泣别图》陈洪绶（明）
此图描绘了投降匈奴的李陵，遇到出使匈奴的大汉中郎将苏武后，与苏武泣别的场景。

④媒蘖（niè）：夸大，诬陷。
⑤旃裘：本指匈奴用的毛毡、皮裘，这里代指匈奴。
⑥沫血：血流满面。
⑦桊（quān）：弩弓。
⑧上寿：养生学术语，最高的年寿。此处指颂扬。
⑨睚眦：发怒时瞪着眼睛，指仇怨。
⑩贰师：即李广利（？—前 89），因妹妹是汉武帝的宠妃李夫人而

受到重用，被封为贰师将军，曾多次出征大宛及匈奴等地，战绩平庸，后投降匈奴。

⑪囹圄：监狱。

⑫茸：居。

⑬蚕室：刚受到宫刑之人所居的密不透风的屋子。

**【解读】**

悲叹自己的处境之后，司马迁开始回顾受难的原因。司马迁与李陵虽然同朝为官，却因为志趣各异，相交不深。但司马迁认为李陵讲孝道、重诚信、尚廉洁、懂礼仪，对人谦卑有礼，为国出生入死，颇具国士风范。因此，当李陵在天汉元年（前 100）攻打匈奴失败后，司马迁不顾自己安危，陈述己见。他认为，李陵率领不满五千人的步兵深入敌营，孤军奋战，在连续十余日的战斗中杀敌无数，骁勇非常，最后因匈奴举国出兵，弹尽粮绝，无路可逃，所以陷身于匈奴。司马迁也推测，李陵之所以投降匈奴，大概是想等待适当的机会再报答汉室。然而，司马迁的直言触怒了汉武帝。汉武帝认为他是在为李陵辩护，讽刺担任主帅的李广利未及时派兵救援，于是下令将司马迁打入大牢。

在李陵之案中，面对大臣们的谗言诋毁和皇帝的疑虑忧患，司马迁并非人云亦云，随波逐流，而是试图理性地看待事实，却落得一个为降将辩解的罪名，令人唏嘘。而司马迁家境并不富裕，不能以金钱赎罪；清高淡薄，又没有朋党美言，所以只能囚于牢狱而忍受宫刑。对于帝王而言，“宫刑”也许只不过是愤怒之时的一句命令和回首时的一句轻叹，而对于一个臣子，便是一生的耻辱和无奈。

仆之先人，非有剖符丹书①之功，文史星历，近乎卜祝之间，固主上所戏弄，倡优畜之，流俗之所轻也。假令仆伏法受诛，若九牛亡一毛，与蝼蚁何异？而世又不与能死节者比，特以为智穷罪极，不能自免，卒就死耳。何也？素所自树立使然。人固有一死，死，有重于泰山，或轻于鸿毛，用之所趋异也。太上，不辱先；其次，不辱身；其次，不辱理色；其次，不辱辞令；其次，诎体②受辱；其次，易服受辱；其次，关木索、被箠③楚受辱；其次，剔毛发、婴金铁受辱；其次，毁肌肤、断肢体受辱；最下，腐刑极矣！传曰："刑不上大夫。"此言士节不可不厉也。猛虎处深山，百兽震恐，及在阱槛之中，摇尾而求食，积威约之渐也。故士有画地为牢，势不入；削木为吏，议不对：定计于鲜④也。今交手足，受木索，暴肌肤，受榜箠，幽于圜墙之中。当此之时，见狱吏则头抢地，视徒隶则心惕息。何者？积威约之势也。及以至此，言不辱者，所谓强颜耳，曷足贵乎！且西伯⑤，伯也，拘羑里；李斯⑥，相也，具五刑；淮阴⑦，王也，受械于陈；彭越、张敖⑧，南面称孤，系狱具罪；绛侯⑨诛诸吕，权倾五伯，囚于请室；魏其⑩，大将也，衣赭、关三木；季布⑪为朱家钳奴；灌夫⑫受辱居室，此人皆身至王侯将相，声闻邻国，及罪至罔加，不能引决自裁，在尘埃之中。古今一体，安在其不辱也！由此言之，勇怯，势也；强弱，形也。审矣！何足怪乎？且人不能早自裁绳墨之外，以稍陵夷；至于鞭箠之间，乃欲引节，斯不亦远乎！古人所以重施刑于大夫者，殆为此也。

【注释】

①剖符丹书：汉代对功臣的特殊待遇，其后人犯罪可凭此得到赦免。
②诎（qū）体：弯曲身体，指身体被捆绑。
③箠：鞭杖。
④鲜：态度鲜明。即自杀，以示不受辱。
⑤西伯：即周文王（前 1152—前 1056），名姬昌，因继承父亲季历的西伯之位，又称“西伯昌”。周文王是周王朝的奠基者，曾被商纣王拘于羑里（今河南汤阴县），相传《周易》就是他在囚禁期间推演而出。
⑥李斯（约前 284—前 208）：战国时秦国丞相，后遭宦官赵高陷害，被秦二世处以腰斩之刑。
⑦淮阴：即韩信（前 231—前 196），淮阴（今江苏淮安市淮阴区）人，与萧何、张良并称“汉初三杰”，汉朝建立后封楚王。因被人告发谋反，被贬为淮阴侯，后在陈（楚地）遭到逮捕、杀害。
⑧彭越、张敖：皆为汉初功臣，因被人诬告称孤谋反，下狱定罪。
⑨绛侯：即汉初将领周勃（？—前 169）。汉惠帝和吕后死后，吕氏家族中的吕产、吕禄等人谋夺汉室。周勃和陈平一起诛灭吕氏权臣，迎立刘邦的第四子刘恒（汉文帝）。后来，周勃曾被人诬告谋反，囚于狱中。
⑩魏其：窦婴（？—前 131），字王孙，汉景帝时被封为魏其侯。汉武帝时，因营救好友灌夫，被人诬告，下狱判处死罪。
⑪季布：项羽的得力大将，曾多次打击刘邦。项羽死后，季布为逃脱刘邦的缉捕，改名换姓，受髡刑和钳刑，卖身给朱氏人家为奴。
⑫灌夫（？—前 131）：汉景帝时为中郎将，汉武帝时任职太仆，因得罪丞相田蚡，被囚于居室（少府所属的官署），后被诛杀。

【解读】

在这一部分，司马迁陈述自己对于身受宫刑的看法。首先对于自己的职位太史公，他认为这个官职无非就是乐工、伶人一般的处境，所以纵使伏法受死，也便如地上蝼蚁一般无足轻重。“人固有一死，死，有重于泰山，或轻于鸿毛。”这种轻重的区别就在于他们死的原因和目的。司马迁认为自己受到的宫刑为世间最屈辱的事情，如果就此死去，只会更加卑微。

陕西韩城司马迁祠墓（图片提供：微图）

对于士大夫的尊严和节操，司马迁极为看重，即使是画地为牢，也不可进入；削木为狱卒，不可与之对话。但自古以来，许多人都受到牢狱之辱。如周文王囚禁羑里，李斯身受五刑，韩信戴上枷锁，彭越、张敖入狱判罪，周勃被关进囚室，魏其侯身穿囚衣，季布卖身为奴，灌夫在居室受辱。他们身为王侯将相时声名远扬，等到犯了罪而被囚禁，不能下决心自杀，最终处在污秽屈辱的地位。

可见，勇敢与怯懦、强大与弱小都是由权势来决定的。老虎在深山之中勇猛异常，是百兽之王，而一旦落入陷阱、关进牢笼便不得不摇尾乞食。对于人来说也是如此，如果是时来运转，也许会有人怀着“君子报仇，十年未晚”的信念忍辱负重，卧薪尝胆，最终功成名就、青史留名，但是另一种可能就是在屈辱的遭遇中磨钝了意志、消退了信念，从此一蹶不振。

夫人情莫不贪生恶死，念亲戚，顾妻子，至激于义理者不然，乃有不得已也。今仆不幸早失二亲，无兄弟之亲，独身孤立。少卿视仆于妻子何如哉？且勇者不必死节，怯夫慕义，何处不勉焉。仆虽怯软欲苟活，亦颇识去就之分矣，何至自沉溺累绁①之辱哉！且夫臧获②婢妾，犹能引决，况若仆之不得已乎？所以隐忍苟活，幽粪土之中而不辞者，恨私心有所不尽，鄙没世而文采不表于后也。

古者富贵而名磨灭，不可胜记，唯倜傥非常之人称焉。盖西伯拘，而演《周易》③；仲尼④厄，而作《春秋》；屈原放逐，乃赋《离骚》⑤；左丘失明，厥有《国语》⑥；孙子膑脚，《兵法》⑦修列；不韦迁蜀，世传《吕览》⑧；韩非囚秦，《说难》《孤愤》⑨。《诗》⑩三百篇，大底圣贤发愤之所为作也。此人皆意有所郁结，不得通其道，故述往事，思来者。乃如左丘无目，孙子断足，终不可用，退论书策，以舒其愤，思垂空文以自见。

**【注释】**

①累绁（léi xiè）：原指捆绑犯人的绳索，此处指囚禁。

②臧获：指奴婢。

③《周易》：即《易经》，儒家重要经典之一。

④仲尼：孔子（前551—前479），名丘，字仲尼，周游列国宣传儒学期间，曾在陈地和蔡地遭受围攻和粮绝之难，返回鲁国后写成编年体史书《春秋》。

⑤《离骚》：中国古代最长的政治抒情诗，是屈原两次被楚王放逐后，幽愤而作。

⑥《国语》：中国最早的国别体著作，相传为春秋时鲁国史官左丘明撰著。

⑦《兵法》：即《孙子兵法》，又称《孙武兵法》《吴孙子兵法》等，为战国军事家孙膑撰写，共有十三篇三十六计，被誉为“兵学圣典”。

⑧《吕览》：即《吕氏春秋》，成书于秦始皇统一中原前夕，是秦国丞相吕不韦集合门客编撰的一部黄老道家著作。

⑨《说难》《孤愤》：均为法家理论著作《韩非子》中的篇目。《韩非子》由战国时韩国公子韩非写成，但韩非客居秦国时，因备受秦王嬴政赏识而遭到李斯等人的嫉妒，最终被投入监狱，后服毒而亡。

⑩《诗》：即《诗经》，又称《诗三百》或《三百篇》，是我国最早的一部诗歌总集，收集了西周初年至春秋中叶的305篇诗歌，包括风、雅、颂三部分。

**【解读】**

司马迁有着知识分子的清高自尊和铮铮铁骨，又怀着“人固有一死，死，有重于泰山，或轻于鸿毛”的生死观，那么在自认为受到了极端屈辱之后，他之所以没有选择尊严地死去，却是屈辱地活着，只是为了完成著书的梦想。

司马迁认为，身居显位、富贵安乐的人有很多都在享用一世荣华之后，被隐没在历史的故纸堆中，只有那些卓越豪迈、不同凡响的人才能名传后世，在千年之后仍为人传颂。例如西伯姬昌、孔子、屈原、左丘明、孙膑、吕不韦、韩非，他们虽然曾经陷入窘境之中，却都有垂名青史的著作流传于世。这些人心情郁结，无法舒缓，便会追忆往事，思考未来，发愤著述。对于司马迁也一样，屈辱的刑法让他的人生被阴影遮蔽，不过也让他在痛苦的沉潜之中听到心灵的声音。所谓不平则鸣，司马迁不鸣则已，一鸣惊人，于是后来就有了《史记》。

仆窃不逊，近自托于无能之辞，网罗天下放失旧闻，考之其事，稽其成败兴坏之纪。上计轩辕①，下至于兹②，为十表、本纪十二、书八章、世家三十、列传七十，凡百三十篇。亦欲以究天人之际，通古今之变，成一家之言。草创未就，适会此祸，惜其不成，是以就极刑而无愠色。仆诚以著此书，藏之名山，传之其人，通邑大都。则仆偿前辱之责，虽万被戮，岂有悔哉？然此可为智者道，难为俗人言也。

且负下未易居，下流多谤议。仆以口语遇遭此祸，重为乡党戮笑，以污辱先人，亦何面目复上父母之丘墓乎？虽累百世，垢弥甚耳！是以肠一日而九回，居则忽忽若有所亡，出则不知所如往。每念斯耻，汗未尝不发背沾衣也。身直为闺阁之臣③，宁得自引深藏岩穴邪？故且从俗浮沉，与时俯仰，通其狂惑。今少卿乃教以推贤进士，无乃与仆之私指谬④乎？今虽欲自雕琢，曼辞以自解，无益于俗，不信，祇取辱耳。要之死日，然后是非乃定。书不能尽意，略陈固陋。谨再拜。

【注释】

①轩辕：即黄帝，因居住在轩辕之丘，号轩辕氏，为华夏部落联盟的首领，被誉为中华民族的“人文初祖”和五帝之首。

②兹：这。

③闺阁之臣：指宦官。闺、阁都是宫中小门。

④谬：违背。

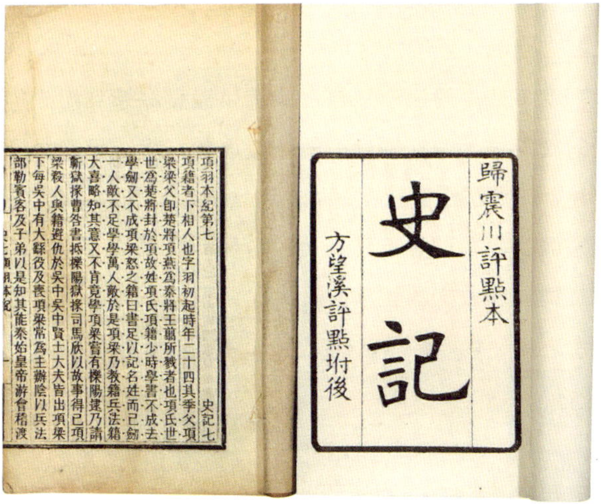
歸震川評點本
史記
方望溪評點附後

項羽本紀第七　史記七
項籍者下相人也字羽初起時年二十四其季父項梁梁父即楚將項燕爲秦將王翦所戮者也項氏世世爲楚將封於項故姓項氏項籍少時學書不成去學劍又不成項梁怒之籍曰書足以記名姓而已劍一人敵不足學學萬人敵於是項梁乃教籍兵法籍大喜略知其意又不肯竟學項梁嘗有櫟陽逮乃請蘄獄掾曹咎書抵櫟陽獄掾司馬欣以故事得已項梁殺人與籍避仇於吳中吳中賢士大夫皆出項梁下每吳中有大繇役及喪項梁常爲主辦陰以兵法部勒賓客及子弟以是知其能秦始皇帝游會稽渡

《史记》书影

**【解读】**

当司马迁被处以宫刑时，他已经开始收集、考证天下散失的历史传闻，计划写出上自黄帝、下至汉武帝约三千多年的历史。虽然当时并未完全成书，但司马迁为全书制定出了完整的体系，想要写成十篇表、十二篇本纪、八篇书、三十篇世家和七十篇列传，共计一百三十篇。这与后来《史记》的篇目完全一致。可见，司马迁之所以面对极刑而无愠色，是因为心中有一个“究天人之际，通古今之变，成一家之言”的理想。司马迁想要的，时光并没有辜负。前后历时 13 年，他终于完成了《史记》这一鸿篇巨制。《史记》是中国历史上第一部纪传体通史，不同于前代史书所采用的以时间为次序的编年体，或以地域为划分的国别体，而是以人物传记为中心来反映历史内容的一种体例。此后的两千多年，历代所修正史基本上都沿袭了《史记》的本纪和列传两部分，这成为传统。同时，《史记》也是一部优秀的文学著作，被鲁迅誉为“史家之绝唱，无韵之《离骚》”。

纵观此书信，司马迁从自己的人生悲剧联系到历史的悲剧，从古代的贤能之士的坎坷命运写到自己的悲愤故事，虽是委婉深沉的叙述，却在这绵密叙述之中，饱含幽怨的情怀、满腔的愤怒、苍凉的感慨，自有一股不可抵挡的力量。可以说，《报任安书》是汉代抒情议理散文的佳作，后人也评价其：“慷慨啸歌，大有燕赵烈士之风，忧愁幽思，则又直与《离骚》对垒。”

# 曹丕《与吴质①书》

二月三日，丕白：岁月易得，别来行复四年。三年不见，《东山》犹叹其远，况乃过之，思何可支！虽书疏往返，未足解其劳结。

昔年疾疫，亲故多离其灾。徐陈应刘②，一时俱逝，痛可言邪？昔日游处，行则连舆，止则接席，何曾须臾相失！每至觞酌流行，丝竹并奏，酒酣耳热，仰而赋诗。当此之时，忽然不自知乐也。谓百年己分，可长共相保，何图数年之间，零落略尽，言之伤心！

顷撰其遗文，都为一集。观其姓名，已为鬼录，追思昔游，犹在心目。而此诸子，化为粪壤，可复道哉！观古今文人，类③不护细行，鲜能以名节自立。而伟长④独怀文抱质，恬淡寡欲，有箕山之志⑤，可谓彬彬君子者矣。著《中论》二十余篇，成一家之言，辞义典雅，足传于后，此子为不朽矣。德琏⑥常斐然有述作之意，其才学足以著书，美志不遂，良可痛惜。间者历览诸子之文，对之抆泪，既痛逝者，行自念也。孔璋⑦章表殊健，微为繁富。公幹⑧有逸气，但未遒耳；其五言诗之善者，妙绝时人。元瑜⑨书记翩翩，致足乐也。

仲宣[10]续自善于辞赋，惜其体弱，不足起其文，至于所善，古人无以远过。昔伯牙绝弦于钟期[11]，仲尼覆醢于子路[12]，痛知音之难遇，伤门人之莫逮。诸子但为未及古人，亦一时之隽也。今之存者，已不逮矣。后生可畏，来者难诬，然恐吾与足下不及见也。

年行已长大，所怀万端，时有所虑，至通夜不瞑。志意何时复类昔日，已成老翁，但未白头耳。光武[13]言年三十余，在兵中十岁，所更非一，吾德不及之，年与之齐矣。以犬羊之质，服虎豹之文，无众星之明，假日月之光，动见瞻观，何时易乎？恐永不复得为昔日游也。少壮真当努力，年一过往，何可攀援！古人思秉烛夜游，良有以也。

顷何以自娱？颇复有所述造不？东望於邑[14]，裁书叙心。丕白。

【注释】

①吴质（177—230）：字季重，博学多智，因文才卓然而被曹丕喜爱，后在曹丕被立为太子的过程中出谋划策，立下大功，封列侯。

②徐陈应刘：指汉末名士徐幹、陈琳、应玚和刘桢。

③类：大抵。

④伟长：徐幹（171—217），字伟长，汉末文学家，以诗、辞赋、政论著称，与孔融、陈琳、王粲、阮瑀、应玚、刘桢并称“建安七子”。为人淡泊，曾多次拒绝曹操的征召，因而生活时常处于清贫之中。

⑤箕山之志：来自尧帝时许由的典故。许由是尧的老师，不受尧的禅让而隐居箕山。后多用来形容人性格恬淡寡欲。

⑥德琏：应玚（177—217），字德琏，汉末文学家，建安七子之一。擅长作赋，有文赋数十篇，代表作为《侍五官中郎将建章台集诗》，表现社会的动乱和人民流离失所的痛苦。

《历代帝王图》中的曹丕像 阎立本（唐）

⑦孔璋：陈琳（？—217），字孔璋，汉末文学家，在建安七子中年纪较长，约与孔融相当。陈琳曾入袁绍幕府，后被曹军俘获，因曹操爱其才而入曹魏。

⑧公幹：刘桢（？—217），字公幹，建安七子之一，博学有才，以五言诗著称，与曹植并称“曹刘”。少与王粲友善，后同应玚一起被曹操征召。

⑨元瑜：阮瑀（约165—212），字元瑜，建安七子之一。年轻时曾受学于蔡邕，所作章表书记尤为出色，当时曹魏的军国书檄文字，多为阮瑀与陈琳所拟。阮瑀的儿子阮籍、孙子阮咸皆为魏晋名人，位列“竹林七贤”。

⑩仲宣：王粲（177—217），字仲宣，建安七子之一，少有才名，曾依附刘表，后随刘表的儿子刘琮一起归顺曹操，深得曹氏父子信赖，封关内侯。

⑪伯牙绝弦于钟期：伯牙为去世的知音钟子期破琴绝弦，终身不弹。

⑫仲尼覆醢（hǎi）于子路：孔子的弟子子路在魏国被人剁成肉酱，从此孔子不再吃此类食物。醢：将尸体剁成肉酱。
⑬光武：指东汉光武帝刘秀。
⑭於邑：悲伤忧郁的样子。

【解读】

《与吴质书》写于建安二十三年（218），是刚被封为世子的曹丕写给臣下兼友人吴质的书信。曹丕是曹操的次子，能为文、善骑射、好击剑，是三国时期著名的军事家和文学家。曹操死后，曹丕袭位魏王，不久即代汉称帝，世称魏文帝。在文学方面，人们素来盛赞曹操诗词的慷慨悲凉、曹植的词采华茂，却忽视了曹丕的文采，而东汉刘勰认为“魏王之才，洋洋清绮”。曹丕不仅创作出第一首成熟的七言诗《燕歌行》，在《典论·论文》中也提出了“文以气为主”，以及“文章乃经国之大业，不朽之盛事”的重要文学命题，并开创了文人雅集的先河。因此，他与“建安七子”中的徐幹、应玚、陈琳、刘桢等人素来交好。

东汉末年，个性张扬的“三曹”与“建安七子”并世而出，一起开创了文学的新局面。当时的诗文雅好慷慨、志深笔长，形成慷慨悲凉、梗概多气的“建安风骨”。在动荡不安、生灵涂炭、疾疫流行的时代，建安文人一方面深谙流离之苦而满怀建功立业、扬名后世的政治怀抱，准备“被羽在先登，甘心除国疾”（王粲《从军诗》）；另一方面，因疾疫盛行，人多短寿，生命无常而功业未立，所以文人又总是怀着人生苦短的哀叹。公元217年二月，瘟疫横行，当时的建安七子中，除孔融、阮瑀早逝，其他人均在这次瘟疫中去世。作为几人故友的曹丕追忆旧游，回想往事，难免伤怀感慨，因此提笔给吴质写了这封书信。

观《与吴质书》，曹丕先述离别情，感叹岁月易逝，铺垫出了

曹丕与父亲曹操、弟弟曹植论诗场景（图片提供：FOTOE）

清凄的人生况味，然后回忆昔游，悲叹昨昔还是曲水流觞，酒酣耳热，今日已是人去楼空，欢宴难再。他在闲暇之余，编辑整理好友的文章，不禁对几人的性格、文采进行比较，其中虽然不乏帝王居高临下、指点文字的姿态，却是评价中肯，褒贬有度。如曹丕认为应玚文采斐然，才能学识足以著书立说，但他愿望未实现时就已去世，实在令人痛惜；徐幹文采卓绝，著作《中论》文辞典雅，而其为人宁静淡泊、不贪图权位，是文雅朴实的君子；陈琳的章表文笔雄健有力，但稍显冗长；刘桢文风洒脱，尤其是五言诗在同代人中最妙；阮瑀的书札言语瑰丽，大快人心；王粲辞赋优美，但因过于细腻，难以使文章富有雄浑豪迈之气势……当时曹丕已过而立之年，想到俊才不幸早逝，徒留自己睹文思人，唯有叹惜连连，慨叹白驹过隙。

清代黎庶昌在《续古文辞类纂》中称曹丕的文字“无所规仿，独抒性灵”。读这些便娟婉约、情深意笃的文字便可知一二，其文字如烟雾缭绕，一点点悲凉凄楚的情味渗透进心里，“生年不满百，常怀千岁忧”。

# 曹植《与杨德祖书》

植白：数日不见，思子为劳，想同之也。

仆少好为文章，迄至于今，二十有五年矣，然今世作者，可略而言也。昔仲宣独步于汉南①，孔璋鹰扬于河朔②，伟长擅名于青土③，公幹振藻于海隅④，德琏发迹于此魏⑤，足下高视于上京。当此之时，人人自谓握灵蛇之珠⑥，家家自谓抱荆山之玉⑦，吾王于是设天网以该之，顿八纮⑧以掩之，今悉集兹国矣。然此数子犹复不能飞轩绝迹，一举千里。以孔璋之才，不闲于辞赋，而多自谓能与司马长卿⑨同风，譬画虎不成，反为狗也，前有书嘲之，反作论盛道仆赞其文。夫钟期不失听，于今称之，吾亦不能妄叹者，畏后世之嗤余也！

世人之著述，不能无病，仆常好人讥弹其文，有不善者，应时改定。昔丁敬礼⑩常作小文，使仆润饰之，仆自以才不过若人，辞不为也。敬礼谓仆：“卿何所疑难，文之佳恶，吾自得之，后世谁相知定吾文者邪！”吾常叹此达言，以为美谈。昔尼父⑪之文辞，与人通流，至于制《春秋》，游夏⑫之徒乃不能措一辞。过此而言不病者，吾未之见也。

**【注释】**

①仲宣独步于汉南：仲宣，王粲的字。汉南，汉水之南，此处指荆州。

②孔璋鹰扬于河朔：孔璋，陈琳的字。河朔，黄河之北，此处指冀州。

③伟长擅名于青土：伟长，徐幹的字。青土，指青州。

④公幹振藻于海隅：公幹，刘桢的字。海隅，海边。刘桢为宁阳（今属山东）人，靠近海边。

⑤德琏发迹于此魏：德琏，应玚的字。大魏，指魏国都城许昌。

⑥灵蛇之珠：即随侯珠，此处比喻非凡的才能。

“杨修之死”版画

⑦荆山之玉：即和氏璧。

⑧纮（hóng）：网绳。

⑨司马长卿：司马相如，字长卿。

⑩丁敬礼：丁廙，字敬礼，曾任黄门侍郎，与曹植交好，后被曹丕杀害。

⑪尼父：指孔子。父，古人对男子的美称。

⑫游夏：指孔子的学生子游和子夏。

**【解读】**

《与杨德祖书》是曹植整理年少时所作的辞赋，送给好友杨德祖阅览时附寄的一封信。杨德祖（175—219），即东汉末年的大文学家杨修，其在东汉建安年间被举为孝廉，任郎中，后成为曹操的主簿。杨德祖学问渊博，聪慧机智，深受曹操父子的重视。据说他看到曹操的只字片语便能猜到曹操的心思。他曾与曹操骑马同行，路过曹娥碑，看了碑上所刻的文字“黄绢幼妇外孙齑臼”八个字，便立马解出了“绝妙好辞”的碑文，引得曹操惊叹：“尔之才思，敏吾三十里也。”然而，后来据说也是因为才思敏捷引得曹操忌恨而被杀害。

曹植雅好文学，与杨修关系密切，他给杨修写的这封信主要表达了自己的文学见解。开篇历数当时文坛可圈可点的人才，如王粲在汉南首屈一指，陈琳在河朔独占鳌头，徐幹在青土享有盛名，刘桢在海边名列前茅，应玚在魏都附近发迹，而杨修在上京极为出色。各人自负有杰出才能，以为掌握了写文章的真谛。但文人并非长袖善舞的通才，而是因个人的性格和才能而各有所长，各有所短。所以写文章者应该有自知之明，虚心听取他人的意见。如徐幹不擅长辞赋却自比司马相如，又把别人的讽刺当成是称赞，未免太过自负。不同于徐幹的恃才傲物，丁敬礼则能虚心接受他人的意见和修订，应该受到尊重。更何况像孔子一般的圣人对待文章尚且能够与人交流，听取意见，资质平庸的凡人更应该虚怀若谷。可见，在烟波浩渺的文学世界里，每个人所见只是一方有限的天地，只有将目光投向更遥远的方向和更广阔的世界才能让自己有前行的动力和进步的空间。





盖有南威①之容，乃可以论其淑媛；有龙渊②之利，乃可以议其断割。刘季绪③才不能逮于作者，而好诋诃文章，掎摭④利病。昔田巴⑤毁五帝，罪三王，訾⑥五霸于稷下，一旦而服千人，鲁连⑦一说，使终身杜口。刘生之辩，未若田氏，今之仲连，求之不难，可无息乎？

人各有好尚，兰茝荪蕙⑧之芳，众人之所好，而海畔有逐臭之夫⑨；《咸池》《六茎》⑩之发，众人所同乐，而墨翟⑪有非之之论，岂可同哉！

今往仆少小所著辞赋一通相与。夫街谈巷说，必有可采；击辕之歌，有应风雅，匹夫之思，未易轻弃也。辞赋小道，固未足以揄扬大义，彰示来世也。昔扬子云⑫先朝执戟之臣耳，犹称壮夫不为也。吾虽德薄，位为藩侯，犹庶几戮力上国，流惠下民，建永世之业，流金石之功，岂徒以翰墨为勋绩，辞赋为君子哉！若吾志未果，吾道不行，则将采庶官之实录，辩时俗之得失，定仁义之衷，成一家之言，虽未能藏之于名山，将以传之同好。非要之皓首，岂今日之论乎！其言之不惭，恃惠子⑬之知我也。

明早相迎，书不尽怀。植白。

**【注释】**

①南威：春秋时晋国美女，又称“南之威”，与西施并称“威施”。
②龙渊：宝剑名，为中国古代十大名剑之一。
③刘季绪：名修，汉代建安时荆州刺史刘表之子，官至东安太守。著有诗、赋、颂各六篇。
④掎摭（jǐ zhí）：指摘。
⑤田巴：战国时齐国善辩之人。
⑥訾（zī）：毁谤，议。
⑦鲁连：指鲁仲连，战国时齐国人，长于计谋，但不肯做官。
⑧兰茝荪蕙：皆芳草名。
⑨海畔有逐臭之夫：典出《吕氏春秋·遇合》。有一奇臭之人独自居于海上，竟然有人喜欢他的臭味，昼夜相随。
⑩《咸池》《六茎》：均为乐曲名。

⑪墨翟：墨家创始人，《墨子》有《非乐》篇，反对统治者大搞音乐，奢侈腐化。
⑫扬子云：扬雄（前53—18），字子云，西汉辞赋家，曾任给事黄门郎，执戟护卫宫门。
⑬惠子：即惠施（约前370—约前310），战国时宋国人，著名的政治家、哲学家，名家思想的创始人。

**【解读】**

在曹植看来，文人对自己的文章应该虚怀若谷，听取他人的意见，而文学批评者也应该有相当的文学水平才能品评文章。战国时期有一位叫田巴的著名学者诋毁五帝、蔑视三王，在稷下学宫挑剔春秋五霸的毛病，其口才一天可以让千人折服，但被鲁仲连一通反驳之后，便从此闭口不言。而刘修的辩才尚不如田巴，却喜欢挑剔别人的文章，指摘别人的缺点，其品行为人轻视。此外，凡人各有所好，阳春白雪般典雅高尚的作品固然是经典作品，下里巴人般通俗易懂的文体也会受人欢迎，因此对待别人的文章应该给予尊敬，客观评判，而不以主观爱憎定夺。正是出于这种态度，曹植虽出身将相之家，对于民间文学也能有所欣赏。

在品评当世文学之后，信末曹植却说辞赋小

曹植七步成诗

道，不足以用来宣扬大道理，以垂范后世。又畅言自己虽然没有什么德行，但一直尽力报效国家，造福百姓，并不是只以空洞的文章来建立功勋、用辞赋来成就君子美名。曹植在此表达了自己不仅具有诗赋才能，也具有治国之能力，想要建立不朽功业的远大抱负。同时，他也假设，假如自己壮志未酬、大道难行，那么他就成一家之言，流传给有同样志趣的人。这种对待文学的态度是与曹植的人生经历紧密相关的。曹植是曹操的第三个儿子，早年由于才华横溢，出言为论，下笔成章，深受曹操的器重和喜爱，一度要被立为世子。但曹植的哥哥曹丕继承王位之后，曹植的优渥生活从此结束。他屡屡遭受猜忌和迫害，曾被曹丕逼迫七步内作出一首诗，一生更是未被重用，最终郁郁而死。

曹植虽然没有成为雄才伟略的政治家，但他的确是文学史上的奇才。南朝宋谢灵运曾评价："天下才有一石，曹子建（植）独占八斗，我得一斗，天下共分一斗。"钟嵘的《诗品》也称赞曹植："骨气奇高，词采华茂，情兼雅怨，体被文质，粲溢今古，卓尔不群。"从这篇骈散相间、简洁明快、气势磅礴的书信就可见一斑。而他在贬谪途中所作的《洛神赋》更被称为文苑奇葩。

# 嵇康《与山巨源绝交书》

康白：足下昔称吾于颍川，吾尝谓之知言。然经怪此意尚未熟悉于足下，何从便得之也。前年从河东还，显宗、阿都说足下议以吾自代，事虽不行，知足下故不知之。足下傍通，多可而少怪，吾直性狭中，多所不堪，偶与足下相知耳。间闻足下迁，惕然不喜。恐足下羞庖人之独割，引尸祝①以自助，手荐鸾刀②，漫之膻腥。故具为足下陈其可否。

吾昔读书，得并介之人，或谓无之，今乃信其真有耳。性有所不堪，真不可强；今空语同知有达人无所不堪，外不殊俗，而内不失正，与一世同其波流，而悔吝不生耳。老子、庄周③，吾之师也，亲居贱职；柳下惠④、东方朔⑤，达人也，安乎卑位，吾岂敢短之哉！又仲尼兼爱，不羞执鞭⑥；子文⑦无欲卿相，而三登令尹。是乃君子思济物之意也。所谓达能兼善而不渝，穷则自得而无闷。以此观之，故尧、舜之君世，许由之岩栖⑧，子房⑨之佐汉，接舆⑩之行歌，其揆⑪一也。仰瞻数君，可谓能遂其志者也。故君子百行，殊途而同致，循性而动，各附所安。故有处朝廷而不出，入山林而不返之论。且延陵高子臧之风⑫，长卿慕相如之节⑬，志气所托，不可夺也。

【注释】

①尸祝：祭祀时致悼词的人。
②鸾刀：古代祭祀时杀牲畜的刀。
③老子、庄周：老子，姓李名耳，字聃，春秋时著名的思想家、哲学家，道家学派的创始人。庄周，即庄子，道家学派的代表人物之一，与老子并称“老庄”。
④柳下惠（前720—前621）：春秋时鲁国人，因谥号为“惠”，称“柳下惠”。他为人刚正不阿，坐怀不乱，因而被认为是品德高尚之人。
⑤东方朔：本姓张，字曼倩，西汉辞赋家。
⑥执鞭：市场的守门卒，执鞭维持秩序。
⑦子文：斗榖於菟，字子文，春秋时楚国令尹，为楚国的强大和北上争霸作出了突出的贡献。
⑧许由之岩栖：隐士许由为拒绝尧的让位，避居箕山。岩栖，代指隐居。
⑨子房：张良，字子房，秦末汉初杰出的政治家和谋士，与韩信、萧何并称“汉初三杰”。
⑩接舆：陆通，字接舆，春秋时楚国隐士。
⑪揆（kuí）：原则，道理。
⑫延陵高子臧之风：延陵，指季札，春秋时吴国公子，因封于延陵，称“延陵季子”，他为避王位，躬耕于舜过山下。子臧，春秋时曹国公子，曹宣公死后，国人欲立子臧为王，子臧不受而逃。这句话的意思是，季札延续子臧的高风亮节。
⑬长卿慕相如之节：长卿，指司马相如，西汉文学家，原名犬子，字长卿。相如，指战国时赵国大臣蔺相如。司马相如仰慕蔺相如的品行，遂更名为“相如”。

《高逸图》中的山涛 孙位（唐）

**【解读】**

《与山巨源绝交书》是魏晋时期的名士嵇康写给朋友山涛（字巨源）的一封信，也是一篇名贯古今的著名散文。魏后期，王族衰微，政治混乱，司马氏父子掌握朝政，罢黜皇帝，大肆诛杀异己。这时的文人，命途多舛，拥曹的何晏、夏侯玄等人被杀；阮籍不满司马氏的统治，以畅饮和故作旷达来躲避迫害；山涛则投靠司马氏，随之又出面拉拢嵇康。但嵇康崇尚老庄，率性而为，不愿与司马氏合作。这封《与山巨源绝交书》就是嵇康拒绝好友山涛希望他出仕的请求，慷慨陈词，与之绝交。

信的第一部分开宗明义，说明绝交的原因。山涛曾经向人说嵇康不愿出仕的意志，嵇康常常认为是知己之言，但不想这位素日的知己竟打算将自己拉进官场。嵇康很直率地说这是让自己手执屠刀，沾上一身腥臊气味。当然，嵇康承认不随俗浮沉而内心方正独立的人是有的，但这是由个人的性格来决定的。老子、庄周身居贱职，柳下惠、东方朔安于卑位，孔子兼爱天下，为了实现自己的政治理想即使做守门卒也心甘情愿，子文没有从政的志愿，却三次登上令尹的职位。像孔子和子文这样才是君子救世济民的心意，所以“达则兼济天下”而不变其志，“穷则独善其身”而自得无悔。而至于尧、舜做皇帝，许由隐居山林，张良辅助汉王朝，接舆劝孔子归隐，他们虽然选择了出仕或归隐的不同道路，却都是顺从本性而为。君子选择了不同的人生道路，这是由他们各自的秉性和志向决定的。而嵇康一样是胸怀天下、放眼苍生的君子，但他并不愿意从政出仕。至此，嵇康将自己与山巨源的基本分歧明确点出。

吾每读尚子平①、台孝威②传，慨然慕之，想其为人。加少孤露，母兄见骄，不涉经学。性复疏懒，筋驽肉缓，头面常一月十五日不洗，不大闷痒，不能沐也。每常小便，而忍不起，令胞中略转乃起耳。又纵逸来久，情意傲散，简与礼相背，懒与慢相成，而为侪类③见宽，不功其过。又读《庄》《老》④，重增其放，故使荣进之心日颓，任实之情转笃。此由禽鹿少见驯育，则服从教制，长而见羁，则狂顾顿缨⑤，赴蹈汤火，虽饰以金镳⑥，飨以嘉肴，愈思长林而志在丰草也。

阮嗣宗⑦口不论人过，吾每师之而未能及；至性过人，与物无伤，唯饮酒过差耳。至为礼法之士所绳，疾之如仇，幸赖大将军保持之耳。吾不如嗣宗之资，而有慢驰之阙⑧，又不识人情，闇于机宜⑨，无万石⑩之慎，而有好尽之累。久与事接，疵衅日兴，虽欲无患，其可得乎！又人伦有礼，朝廷有法，自惟至熟，有必不堪者七，甚不可者二：卧喜晚起，而当关⑪呼之不置，一不堪也。抱琴行吟，弋钓草野，而吏卒守之，不得妄动，二不堪也。危坐一时，痹不得摇，性复多虱，把搔⑫无已，而当裹以章服，揖拜上官，三不堪也。素不便书，又不喜作书，而人间多事，堆案盈几，不相酬答，则犯教伤义，欲自勉强，则不能久，四不堪也。不喜吊丧，而人道以此为重，已为未见恕者作怨，至欲见中伤者。虽瞿然自责，然性不可化，欲降心顺俗，则诡故不情，亦终不能获无咎无誉如此，五不堪也。不喜俗人，而当与之共事，或宾客盈坐，鸣声聒耳，嚣尘臭处，千变百伎，在人目前，六不堪也。心不耐烦，而官事鞅掌⑬，机务缠其心，世故烦其虑，七不堪也。又每非汤武而薄周孔，在人间不止，此事会显，世教所不容，此甚不可一也。刚肠疾恶，轻肆直言，遇事便发，此甚不可二也。以促中小心之性，统此九患，不有外难，当有内病，宁可久处人间邪？又闻道士遗言，饵术黄精，令人久寿，意甚信之；游山泽，观鱼鸟，心甚乐之；一行作吏，此事便废，安能舍其所乐而从其所惧哉！





**【注释】**

①尚子平：东汉人，性情娴雅，在儿女婚嫁后离家，纵情于山水，不知所终。

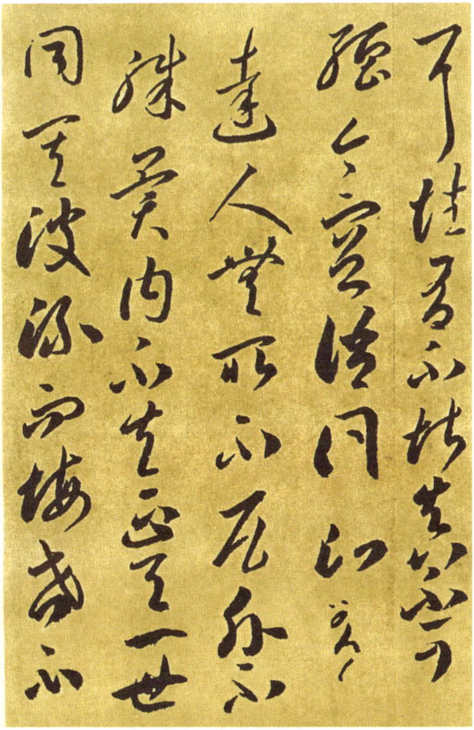

草书《与山巨源绝交书》【局部】李怀琳（唐）

②台孝威：东汉隐士，在武安山凿穴而居，以采药为业。

③侪（chái）类：同辈好友。

④《庄》《老》：指道家学派的经典著作《庄子》和《老子》。

⑤狂顾顿缨：疯狂地四处张望，挣脱羁索。

⑥金镳（biāo）：金属制作的马笼头，此处指鹿笼头。

⑦阮嗣宗：阮籍（210—263），字嗣宗，竹林七贤之一。崇奉老庄之学，政治上采取不涉是非、明哲保身的态度。

⑧阙：通“缺”。

⑨机宜：指随机而适。

⑩万石：石奋（？—前 124），字天威，号万石君，西汉人，一生以谨小慎微著称。

⑪当关：守门的衙役。

⑫把（pá）搔：搔痒。把，通“爬”。
⑬鞅掌：职务繁忙的样子。

**【解读】**

嵇康每次读到尚子平和台孝威的生平事迹，都对两人的高尚情操钦慕有加，并想要成为这样的人。由此，嵇康进一步阐述自己的本性和生活状况，论证自己不适合官场。嵇康作为魏晋时期著名的文学家，因与阮籍、山涛、向秀、刘伶、王戎及阮咸等人常聚在当时的山阳县（今河南辉县市、修武县一带）竹林之下，肆意酣畅，被世人称为“竹林七贤”。《世说新语》中说嵇康身长七尺八寸，风姿特秀，见者叹曰：“萧萧肃肃，爽朗清举。”或云：“肃肃如松下风，高而徐引。”山涛称赞他：“嵇叔夜之为人也，岩岩若孤松之独立；其醉也，傀俄若玉山之将崩。”由此可见其人清俊卓立，高远飘逸，风神姿态不俗，但他的性格却另是一般，“刚肠疾恶，轻肆直言，遇事便发”。而在读了《老子》《庄子》之后，性格愈加放任不羁。就像庄周所说的宁愿在泥淖中爬行，也不愿在庙堂之上享受尊荣。然后他陈述自己“必不堪者七，甚不可者二”，即做官后有七件事情是一定不能忍受的，有两件事情是无论如何也不会做的。其中，不能睡懒觉、不能随意走动，身着官服而不便搔痒，要不断写公文信札、出去吊丧、与俗人打交道、处理公务中的琐事等，均成为了借口，读来让人忍俊不禁。至于嵇康所说的另外两个原因：不能讲述有悖人伦纲常的话，不能直言不讳、任性而为，则是其不愿意做官的根本原因。当时司马氏集团为了维护自己的统治，标榜礼法，提出“人伦有礼，朝廷有法”。嵇康对此颇为不满，曾提出“非汤武而薄周孔”“越名教而任自然”的说法。从嵇康这种执拗倔强的性格和放任不拘的处世态度上，可以看到他不愿进入污浊官场的高蹈独立的人格和清洁高尚的品德。

夫人之相知，贵识其天性，因而济之。禹不偪①伯成子高②，全其节也；仲尼不假盖于子夏③，护其短也；近诸葛孔明不逼元直④以入蜀，华子鱼⑤不强幼安⑥以卿相，此可谓能相终始，真相知者也。足下见直木必不可以为轮，曲者不可以为桷⑦，盖不欲以枉其天才，令得其所也。故四民有业，各以得志为乐，唯达者为能通之，此足下度内耳。不可自见好章甫，强越人以文冕也；己嗜臭腐，养鸳雏以死鼠也。吾顷学养生之术，方外荣华，去滋味，游心于寂寞，以无为为贵。纵无九患，尚不顾足下所好者。又有心闷疾，顷转增笃，私意自试，不能堪其所不乐。自卜已审，若道尽途穷则已耳。足下无事冤之，令转于沟壑⑧也。

吾新失母兄之欢，意常凄切。女年十三，男年八岁，未及成人，况复多病。顾此悢悢⑨，如何可言！今但愿守陋巷，教养子孙，时与亲旧叙阔，陈说平生，浊酒一杯，弹琴一曲，志愿毕矣。足下若嬲⑩之不置，不过欲为官得人，以益时用耳。足下旧知吾潦倒粗疏，不切事情，自惟亦皆不如今日之贤能也。若以俗人皆喜荣华，独能离之，以此为快，此最近之，可得言耳。然使长才广度，无所不淹，而能不营，乃可贵耳。若吾多病困，欲离事自全，以保余年，此真所乏耳，岂可见黄门⑪而称贞哉！若趣欲共登王途，期于相致，时为欢益，一旦迫之，必发狂疾，自非重怨，不至于此也。

野人有快炙背而美芹子者⑫，欲献之至尊，虽有区区之意，亦已疏矣。愿足下勿似之。其意如此，既以解足下，并以为别。嵇康白。

**【注释】**

①偪：同“逼”，逼迫。

②伯成子高：唐尧时为诸侯，后隐居耕种。

③子夏：卜商，字子夏，为孔子十大弟子之一，曾提出“仕而优则学，学而优则仕”的思想，但为人吝啬，爱惜钱财。

④元直：徐庶，字元直，与诸葛亮都为刘备帐下人物，后因母亲被曹操掳获，不得已而进入曹营，诸葛亮没有加以阻拦。

⑤华子鱼：华歆（157—232），字子鱼，汉末魏初时名士，曹魏重臣。

⑥幼安：管宁（158—241），字幼安，为三国时期著名隐士，与华歆、邴原并称为“一龙”。后因与华歆处世态度不同，割席断交。

⑦桷（jué）：方形的椽子。

⑧转于沟壑：指遭受苦难。

⑨悢悢（liàng）：悲伤的样子。

⑩嬲（niǎo）：纠缠。

⑪黄门：宫禁之门，此处代指宦官。

⑫野人有快炙背而美芹子者：典出《列子·杨朱篇》。宋国有贫苦农民觉得晒太阳很舒服，想将这种乐事推荐给君王，乡中富人对他说：“以前有人觉得芹菜美味，便向乡绅夸赞，结果被嘲笑了。”快炙背，以太阳晒背为快乐之事。美芹子，以芹菜为美味佳肴。

**【解读】**

嵇康认为，真正互相了解的好朋友会互相尊重彼此的天性并成全他。像夏禹成全伯成子高的节操，孔子了解子夏的性格，诸葛亮不逼迫徐庶投奔蜀汉，华歆不勉强管宁接受卿相的位子，这是因为他们对人能够给予尊重和理解。荣华富贵、功名利禄、华衣锦食也许是有些人的人生追求，而对于疏远荣华、摒弃美味的嵇康来说则是身外之物。嵇康在信末表达自己的愿望，教养子孙，亲朋相聚，品浊酒一杯，弹雅琴一曲。只可惜在“天下多故，名士少有全者”的乱世，这样简单的生活畅想也难以实现。后来，嵇康由于得罪司马昭的心腹钟会，惨遭杀害。据《晋书》，嵇康临死之时，三千名太学生齐聚刑场，为嵇康请愿。面对死亡，嵇康轻弹一曲《广陵散》，

嵇康抚琴塑像（图片提供：FOTOE）

琴终人亡，从此玉山崩，而《广陵散》绝。

这篇文章文笔犀利，言语峻切，态度坚决，随意自流却自圆其说。山涛读过之后，感慨于嵇康的文采，觉得其文“教人爱不得，又教人恨不得”。也有人说嵇康的绝交是对于朋友的保全，以免受自己拖累。虽然往事难考，不过嵇康临终前，却将儿子托付给这个他曾经与之绝交的朋友，因此流传了一段“君子和而不同”的佳话。

# 王羲之《杂帖》

（一）

甲夜①，羲之顿首②：向遂大醉，乃不忆与足下别时。至家乃解。寻忆乖离，其为叹恨，言何能喻。聚散人理之常，亦复何云。唯愿足下保爱为上，以俟后期。故旨遣此信，期取足下过江问。临纸情塞。王羲之顿首。

（二）

雨寒，卿各佳不？诸患无赖③，力书。不一一。羲之问。

**【注释】**

①甲夜：指初更时分。
②顿首：表示致敬。
③诸患无赖：疾病缠身，无以自解。

王羲之持毛笔（蜡像）





【解读】

杂帖，是书信的一种，言简意赅，所谈的都是一些生活琐事，或者吊丧，或者问病，或者饯别，或者通讯，甚至赠赉杂物、慰劳答问等等。所用语言也多为日常口语，信笔而书，简娟有味，亲切方便。

这两则杂帖即为王羲之的随笔书信。王羲之（303—361，一作

321—379），为东晋书法家，出生于两晋的名门望族，即唐诗中所咏叹的“旧时王谢堂前燕，飞入寻常百姓家”中的王家。王羲之16岁时，被当时的太尉郗鉴相中为“东床快婿”。他历任秘书郎、宁远将军、江州刺史、右军将军、会稽内史等职，后因与扬州刺史王述有矛盾，称病辞官，归隐会稽。王羲之最出名的是书法。他年少时即从卫夫人学习书法，后来草书学自张芝，正书学自钟繇，博采众长，融会贯通，独成一格。隶、草、正、行各体皆精，被奉为“书圣”。《全晋文》中收集了王羲之父子五百余则书法杂帖，数量可观，皆为漂亮的书法精品，又因所叙之事感情真挚，至今仍然为人叹赏。

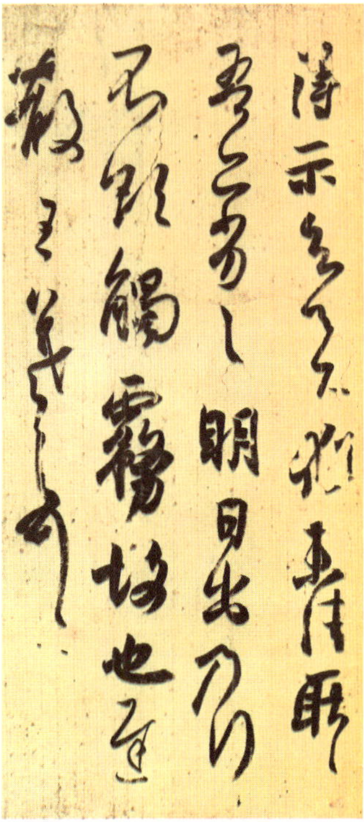

王羲之书法《得示贴》

且看这些简牍杂帖，第一则写于一场饯别朋友的宴席之后。欢宴已散，王羲之喝得酩酊大醉，回家之后才清醒过来，也忘记了相别时的情形，想着朋友远别，内心叹恨，却明白聚散是人生常事，只能留下祝福。第二则仅十八字，写在阴雨绵绵的日子，自己疾病在身，百般聊赖中寄信慰问朋友，真切感人。这两则杂帖寥寥数行，却自然淡远，韵味无穷。满纸都是家长里短，朋友往还，在这些琐碎中，可以窥见作者的性情人格和心绪情怀。如此寻常之语，再配着书法大家挥洒自如，飘逸灵动的文字，定然是一种美的享受。

# 丘迟《与陈伯之书》

迟顿首陈将军足下：无恙，幸甚幸甚！将军勇冠三军，才为世出，弃燕雀之小志，慕鸿鹄以高翔。昔因机变化，遭遇明主，立功立事，开国称孤，朱轮华毂①，拥旄万里，何其壮也！如何一旦为奔亡之虏，闻鸣镝②而股战，对穹庐以屈膝，又何劣邪！

寻君去就之际，非有他故，直以不能内审诸己，外受流言，沈迷猖獗，以至于此。圣朝赦罪责功，弃瑕录用，推赤心于天下，安反侧于万物，将军之所知，不假仆一二谈也。朱鲔涉血于友于③，张绣剚刃于爱子④，汉主不以为疑，魏君待之若旧。况将军无昔人之罪，而勋重于当世！夫迷途知返，往哲是与；不远而复，先典⑤攸高。主上屈法申恩，吞舟是漏⑥；将军松柏不剪，亲戚安居，高台未倾，爱妾尚在，悠悠尔心，亦何可言！今功臣名将，雁行有序，佩紫怀黄，赞帷幄之谋，乘轺⑦建节，奉疆埸之任。并刑马作誓，传之子孙。将军独靦颜⑧借命，驱驰毡裘之长，宁不哀哉！

安徽寿县古城墙（图片提供：微图）

【注释】

①朱轮华毂（gǔ）：指装饰华丽的车子。毂，车轮中心的圆木。
②鸣镝（dí）：响箭。
③朱鲔涉血于友于：朱鲔原为东汉末年绿林军将领，曾劝说刘玄杀了刘秀的兄长刘演，后献城投降，被刘秀封为平狄将军、扶沟侯。友于，指兄弟相亲。
④张绣剚（zì）刃于爱子：张绣原为汉末名将，最初投降曹操，因不满曹操言行而反悔抗曹，致曹操长子遇害，后再次投降曹操，被封为列侯。剚，插入。
⑤先典：指《易经》。
⑥吞舟是漏：语出《史记·酷吏列传》，比喻法网宽恕。
⑦轺：用两匹马拉的车子，为古代使者所乘。
⑧靦（tiǎn）颜：厚着脸皮。

【解读】

《与陈伯之书》是南朝梁文学家丘迟写给陈伯之的劝降书，也是一篇脍炙人口的骈体散文，是对汉末言情书札的继承和发展，具有很高的艺术成就。

此文的劝降对象陈伯之，目不识丁，家境贫苦，年少时以盗窃为生，齐末因功被封为江州刺史，曾经据兵抗梁，后来投降梁国之后被封为丰城县公。梁天监元年（502），陈伯之因听信离间起兵反梁，兵败后投降北魏，做了平南将军。梁天监四年（505）的冬天，临川王萧宏奉梁武帝之命北征伐北魏，陈伯之率领北魏军队屯兵寿阳（今安徽寿县），与梁军对抗。此信即写于梁魏两军对峙时期，当时一场大战在即，丘迟以一封书信对陈伯之进行招降。

丘迟在信中首先称赞陈伯之当初背齐归梁，是“弃燕雀之小志，慕鸿鹄以高翔”的英明之举，因此建立功勋，成就事业，显赫一时；转笔又义正词严地指斥他现在屈膝降败北魏是多么的卑下可怜。两相对比，让陈伯之思虑他当下的处境。然后丘迟直言道出陈伯之如此反复的原因，在内不能慎重思虑，在外听信谣言，执迷不悟，不辨是非，因此才落得如此下场。紧接着丘迟申明梁朝既往不咎，宽宥降将的诚意，然后借用朱鲔、张绣的典故来说明迷途知返是自古至今推崇的行为。最后，丘迟再以亲情劝诱，说明陈伯之在梁国的家园完好，亲属安在，而且归降之后有功成名就、福荫子孙的威仪和荣耀。劝说层层推进，逻辑严谨，义正词严的说法让人读了不禁要慨叹丘迟的辩才。

夫以慕容超①之强，身送东市；姚泓②之盛，面缚西都。故知霜露所均，不育异类；姬汉旧邦，无取杂种。北虏僭盗中原，多历年所，恶积祸盈，理至燋烂。况伪孽③昏狡，自相夷戮，部落携离，酋豪猜贰④。方当系颈蛮邸，悬首藁街⑤，而将军鱼游于沸鼎之中，燕巢于飞幕之上，不亦惑乎！

暮春三月，江南草长，杂花生树，群莺乱飞。见故国之旗鼓，感平生于畴日，抚弦登陴，岂不怆悢！所以廉公⑥之思赵将，吴子⑦之泣西河，人之情也，将军独无情哉！

想早励良规，自求多福。当今皇帝盛明，天下安乐。白环西献，楛矢⑧东来；夜郎滇池，解辫请职；朝鲜昌海，蹶角⑨受化。唯北狄野心，掘强沙塞之间，欲延岁月之命耳。中军临川殿下，明德茂亲，总兹戎重，吊民洛汭⑩，伐罪秦中。若遂不改，方思仆言。聊布往怀，君其详之。丘迟顿首。

【注释】

①慕容超（384—410）：十六国时南燕君主，鲜卑族人，后被南朝宋的君主刘裕擒获，在建康（今南京）斩首。

②姚泓（388—417）：十六国时后秦君主，羌族人，后被刘裕生擒。

③伪孽：邪恶，此处指北魏统治集团。

④猜贰：猜忌别人有二心。

⑤藁（gǎo）街：汉代长安城内街名，外族的官邸设在这里。

⑥廉公：指廉颇，战国时赵国名将。

⑦吴子：指吴起（约前440—前381），战国时魏国将领。他镇守西河时，因遭人陷害而被魏王召回，于临行前望西河而泣。

⑧楛矢：用楛木制成的箭。

⑨蹶角：以额角叩地。

⑩洛汭（ruì）：洛水汇集之地，指洛阳市、巩义市一带。汭，水流弯曲之处。

【解读】

在申述完当朝的恩典之后，丘迟开始表达自己的种族之见。他

锦绣江南

以南燕君主慕容超身死刑场、后秦君主姚泓在长安被生擒为例，认为汉朝统治乃是理所应当，蛮族纵使暂时强盛也难逃灭亡厄运。因此，鲜卑族建立的北魏窃据中原，罪恶积累，自相残杀，四分五裂，理应灭亡。而陈伯之在蛮夷之族，厚颜偷生的艰难处境如同“鱼游于沸鼎之中，燕巢于飞幕之上”。这段叙述中表现出了当时汉族统治者天朝上国的优越感，有很多过激之辞，难免失之偏颇，不过也是由于时代局限，可以理解但是不能认同。

文中最动情的一段是对江南风物的描绘，寥寥几笔的勾勒便描摹出江南风物，将故国之思和乡关之情写得淋漓尽致，足以撩动对方的乡土情思。如此晓之以理，动之以情，理正辞严，情意深切，因而也就牵动陈伯之的莼鲈之思，成功劝说陈伯之率领八千人马再次归顺梁国。

此篇书信洋洋千言，不同于丘迟一贯描写山水时辞采丽逸的写作风格，而是以情致绵密、词朴义丰的笔墨，层层推进，情理兼备，荡气回肠。

# 吴均《与宋元思书》

风烟俱净，天山共色，从流飘荡，任意东西。自富阳至桐庐，一百许里，奇山异水，天下独绝。水皆缥碧①，千丈见底；游鱼细石，直视无碍。急湍甚箭，猛浪若奔。夹岸高山，皆生寒树。负势竞上，互相轩邈②，争高直指③，千百成峰。泉水激石，泠泠作响；好鸟相鸣，嘤嘤成韵。蝉则千转不穷，猿则百叫无绝。鸢飞戾天者④望峰息心，经纶世务者窥谷忘反。横柯上蔽，在昼犹昏；疏条交映，有时见日。

**【注释】**

①缥碧：浅青色。
②互相轩邈：互相比高比远。
③直指：笔直向上。
④鸢飞戾天者：比喻极度渴望功名的人。

富春江山水（图片提供：微图）

【解读】

《与宋元思书》是南朝梁文学家吴均写给朋友宋元思的旅途见闻，虽然他的这位朋友名不见经传，却因此封书信被传颂千年。

吴均（469—520），字叔庠，家世贫贱，但自幼好学并且颇有才华。他曾计划撰写《齐书》，想借览起居注和群臣行状，但没有获得梁武帝的准许，所以私自撰写《齐春秋》，书中称梁武帝为齐明帝佐命之臣，触怒梁武帝，被免官。他后来奉诏编纂通史，不过未及成书便已去世。吴均擅长写景，流传至今的诗篇和文字多是摹山写水的典范佳作。《齐书·吴均传》中评价他“文体清拔有古气”，诗文自成一家，因此在当时常被仿效，颇有影响，人称“吴均体”。

《与宋元思书》是吴均山水小品的代表作，描绘了富春江自浙江富阳至桐庐的一段风景。开篇便是景语加情语，在风静云散的天气，“从流飘荡，任意东西”，先酝酿出一种自在而沉醉的气氛，引人入胜。澄碧见底的水流或静或动，负势而上的山峰高耸邈远，水声、鸟鸣、蝉啭、猿鸣，空谷作响，久久不绝。树枝横斜，白昼欲昏，郁郁葱葱的浓荫之间有斑驳光影。吴均在动静之中、远近之间，览尽奇丽山水，听闻自然声音，将所谓的功名利禄、经纶事务早就忘之九霄云外，只剩下临渊羡鱼的心情，一叶孤舟，一蓑烟雨，此心之外也无风雨也无晴。该文保留了骈文的特点，以四字句和六字句为主，读来朗朗上口。同时，文章既用人的感触反衬山水之美，也以山水的雄壮抒发了对名利地位的厌倦，委婉地流露出爱慕自然、避世退隐的高雅志趣。

# 王绩《答刺史杜之松书》

月日，博士陈龛①至，奉处分②借《家礼》③，并帙封送至，请领也。又承欲相招讲礼，闻命惊笑，不能已已。岂明公④前眷或徒与下走⑤相知不熟也？

下走意疏体放，性有由然。兼弃俗遗名，为日已久。渊明⑥对酒，非复礼主能拘。叔夜⑦携琴，惟以烟霞自适。登山临水，邈矣忘归。谈虚语玄，忽焉终夜。僻居南渚，时来北山。兄弟以俗外相期⑧，乡闾以狂生见待。歌去来之作，不觉情亲。咏招隐之诗，惟忧句尽。帷天席地，友月交风。新年则柏叶为樽，仲秋则菊花盈把。罗含⑨宅内，自有幽兰数丛。孙绰⑩庭前，空对长松一树。高吟朗啸，契榼⑪携壶。直与同志者为群，不知老之将至。

欲令复整理簪屦⑫，修束精神，揖让邦君之门，低昂刺史之坐，远谈糟粕，近弃醇醪，必不能矣。亦将恐刍狗贻梦⑬，栎社见嘲⑭。去矣君侯！无落吾事。

【注释】

①陈龛：人名，生平不详。

②处分：吩咐。

③《家礼》：此处指王绩祖上安康献公王隆所著之书，书中对《礼记》等经典著作有独到评述。

④明公：对有名位的人的尊称。

⑤下走：对自己的谦称。

⑥渊明：即陶潜，字渊明，东晋诗人，因不满于现实而辞官归隐，性嗜酒。

⑦叔夜：嵇康字叔夜。

⑧兄弟以俗外相期：王绩《与冯子华书》有“家兄知吾纵恣，亦以俗外相待，不拘以家务”。

⑨罗含（292—372）：字君章，东晋思想家、文学家，中国山水散文的创作先驱。罗含宅是出自《晋书》的一个典故，说的是罗含宅内的兰花、菊花有一天突然竞相开放，花香满院，这被人们认为是罗含德行感召天地的结果。

⑩孙绰（314—371）：字兴公，东晋诗人，博学善文。孙绰曾在庭院中种植一棵松树，他的朋友高世远认为松树难以成为栋梁之材，结果孙绰反驳说，并不能以有用、无用来衡量事物。

⑪榼（kē）：酒具。

⑫屦（jù）：泛指鞋子。

⑬刍狗贻梦：典见《庄子·天运》，比喻轻贱无用的东西。

⑭栎社见嘲：典见《庄子·人间世》，指对拘于礼法之人的鄙夷。

【解读】

《答刺史杜之松书》是唐代诗人王绩写给刺史杜之松的回信。当时王绩弃官回归故里之后，刺史杜之松因为敬仰他高迈的志趣，与他来往频繁，交谊颇深。后来，杜之松邀请王绩讲授礼法，王绩即写此信表示辞谢。

王绩（约590—644），字无功，号东皋子，出生于官宦世家，是隋末大儒王通的弟弟，自幼好学，博闻强记。隋炀帝大业元年（605），王绩被授予秘书省正字的官位。但他生性简傲，不喜欢在朝廷供职，因此做了扬州六合县丞，后来因嗜酒误事而受人弹劾。王绩性情旷达，嗜酒如命，在唐初的门下省任官时，每日喝酒一斗，人称“斗酒学士”。他后来在贞观年间任官，据说也是因为太乐署史焦革善于酿酒。焦氏夫妇去世后，王绩又回到故乡龙门（今山西河津），直到病逝。他在去世前曾为自己写墓志铭：“才高位下，免责而已，天子不知，公卿不识，四十五十，而无闻焉。”王绩一生著作颇多，包括《五斗先生传》《酒经》《酒谱》《醉乡记》等，后人也将其作品编辑整理成《王无功文集》《东皋子集》。

王绩饮酒图

王绩不喜俗礼，因而朋友杜之松来信借《家礼》，并邀请他去讲解礼法时，他出现了两种截然不同的反应。一方面欣然应允将书送到，但对于讲礼这件事，其反应却是吃惊而觉得好笑。他有些不解，相交已久的朋友难道不了解自己的心志和性情吗？然后文章中就开始书写自己的生活追求。他崇尚黄老学说，心意疏淡，喜欢自由自在而厌弃世俗功名。又以陶渊明、嵇康自比，述说自己喜欢登山游水，形迹放浪，就是兄长也把他当做俗外之人，乡里的人也以为他是狂狷。他因此以天地为室，风月相伴，高声吟咏，饮酒为乐，如此自得其乐而“不知老之将至”。最后，王绩写为官之后繁缛的礼节礼法，与前文所述的生活形成鲜明对比，可谓“糟粕”比之“醇醪”。全篇行文骈散相间，感情激荡，畅快淋漓，显出王绩视功名为粪土、鄙视礼法的品格和直爽不拘、明朗畅快的性情。

# 王维《山中与裴秀才迪书》

近腊月下，景气和畅，故山殊可过①。足下方温经，猥②不敢相烦，辄便往山中，憩感配寺，与山僧饭讫而去。

北涉玄灞，清月映郭。夜登华子冈，辋水沦涟，与月上下；寒山远火，明灭林外；深巷寒犬，吠声如豹；村墟夜舂，复与疏钟相间。此时独坐，僮仆静默。多思曩昔携手赋诗，步仄径③，临清流也。

当待春中，草木蔓发，春山可望，轻鲦④出水，白鸥矫翼，露湿青皋⑤，麦陇朝雊⑥。斯之不远，傥⑦能从我游乎？非子天机清妙者，岂能以此不急之务相邀？然是中有深趣矣！无忽，因驮黄檗⑧人往，不一⑨。山中人王维白。





【注释】

①过：过访，此处指游玩。

②猥：自我的谦称。

③仄径：狭窄的小路。

④鲦（tiáo）：鱼名，即白鲦，喜好在水面群游。

⑤青皋：长满青草的河岸。
⑥雊（gòu）：野鸡的鸣叫声。
⑦傥：同“倘”，或许。
⑧黄檗（bò）：药名，可供药用。此处指托载运药物的人送信给裴迪。
⑨不一：古代书信结尾常用的套语，指不能一一详述。

【解读】

《山中与裴秀才迪书》是盛唐山水田园诗人王维在辋川（今陕西西安蓝田县中南部）山中隐居时，写给朋友裴迪的书信，主要描摹了辋川别业周围的景色。

王维像

王维（701—761，一说699—761），字摩诘，号摩诘居士，诗、书、画皆佳，又喜参禅悟理，四十多岁时开始在辋川和终南山过着半官半隐的生活。辋川别业，是王维在初唐诗人宋之问的辋川山庄基础上修建而成的居所，包括华子岗、孟城坳、柳浪、鹿柴、木兰柴、辛夷坞、宫槐陌等众多胜景。屋宇亭台的建设巧妙借景，与自然景色融为一体，意境优美。这种自然景色与人文建筑相结合的园林艺术，与盛唐时期山水画的发展密不可分。盛唐的山水画出现寄兴写情的画风，园林艺术也开始体现情景交融的境界。除了王维的辋川别业，白居易在庐山建造的草堂，柳宗元在柳州城外设置的亭堂等，皆泉石秀绝，在山水中以亭台楼阁点缀，是自然灵气与人类艺术的完美结合。

至于收信人裴迪，也为唐代山水田园诗人，曾在宰相张九龄府中充当幕僚，后与王维结识，因性情相投，往来颇为密切。早在王维移居辋川之前，二人就一同在终南山隐居，据《唐诗纪事》记载：“迪初与王维、兴宗俱居终南。”王维得到宋之问的辋川

《辋川别业》王维（唐）

山庄后，他们又经常在辋川别业中“浮舟往来，弹琴赋诗，啸咏终日”。但后来，裴迪回家温习经书，准备参加科举考试。王维在独自游山赏景时，深感寂寞，于是写下这封书信。

苏轼曾评价王维作品：“味摩诘之诗，诗中有画；观摩诘之画，画中有诗。”这在此封书信中也得到体现，全篇寥寥数语，即是两幅山景图：一为腊月独游图。王维渡过灞水，在清朗的月夜中登上华子冈，透过树林看见远处山上忽明忽暗的灯火，听到深巷中的犬吠声、舂米声和山寺里的钟声相互交错。面对此情此景，王维不禁想到往日与裴迪一起吟诵诗歌、寻幽访胜的快乐时光，表达了对裴迪的思念之情；二是春山小景图。王维想象了第二年春天时的景色，草木丰茂，轻鯈出水，白鸥举翼，野雉鸣叫，春意盎然。如此美妙风光，王维希望裴迪那时能够前来与自己一同欣赏，正式向裴迪发出邀请，这也是信的主旨部分。

《山中与裴秀才迪书》虽然是一封书信，但富含诗歌美与韵律美，清幽隽永，委婉动人，堪称一篇优美的写景游记散文。高步瀛评价道：“此文幽隽华妙，有画所不到处。”

# 李白《与韩荆州书》

白闻天下谈士相聚而言曰："生不用封万户侯，但愿一识韩荆州。"何令人之景慕一至于此！岂不以周公①之风，躬吐握之事，使海内豪俊，奔走而归之，一登龙门，则声价十倍！所以龙蟠凤逸之士，皆欲收名定价于君侯。君侯不以富贵而骄之、寒贱而忽之，则三千之中有毛遂②，使白得颖脱而出，即其人焉。

白，陇西布衣，流落楚、汉。十五好剑术，遍干③诸侯。三十成文章，历抵卿相。虽长不满七尺，而心雄万夫。皆王公大人许与气义。此畴曩④心迹，安敢不尽于君侯哉！君侯制作⑤侔⑥神明，德行动天地，笔参造化，学究天人。幸愿开张心颜，不以长揖见拒。必若接之以高宴，纵之以清谈，请日试万言，倚马可待⑦。今天下以君侯为文章之司命⑧，人物之权衡，一经品题，便作佳士。而今君侯何惜阶前盈尺之地，不使白扬眉吐气、激昂青云耶？

【注释】

①周公：姬旦，周武王之弟，西周著名的政治家、军事家和思想家。
②毛遂（前 285—前 228）：战国时赵国平原君的门客，在秦军包围赵国都城邯郸时，曾自荐跟随平原君前往楚国求救，成功完成任务。
③干：谒见。
④畴曩：往昔。
⑤制作：作为，指功业，政绩。
⑥侔：相等。
⑦倚马可待：比喻才思敏捷。语出《世说新语·文学》。东晋袁宏担任大将桓温的书记时，曾倚马疾书，顷刻便写了七张纸。
⑧司命：原为神名，掌管人的寿命，这里指品定文章的权威者。

【解读】

《与韩荆州书》作于唐开元二十二年（734），是“诗仙”李白初见权臣韩朝宗时写的一封自荐书。李白（701—762），作为我国诗歌史上的璀璨明星，是那个大呼“仰天大笑出门去，我辈岂是蓬蒿人”的狂人，是“天子呼来不上船，自称臣是酒中仙”的谪仙，也是“天生我材必有用，千金散尽还复来”的豪士。其随意不羁的个性，总给人一种飘逸出尘的神仙之气。而如同无数胸怀“兼济天下”之志的文人一样，李白也有着建功立业的志向。开元十四年（726），26 岁的李白“仗剑去国，辞亲远游”，开始了他的漫游生活。他游览大山名川，纵情山水，陶冶情操，同时又广泛交游，结识各种人物，以求得到别人的赏识和推荐而走向仕途。这封《与韩荆州书》就是他在漫游时期，拜见时任荆州长史兼襄州刺史、山南东道采访使的韩朝宗，以求进入仕途的干谒信。

韩朝宗为人礼贤下士，举荐后进，因此当时很多贤才投归他的门下。李白也是应着“生不用封万户侯，但愿一识韩荆州”的名号，怀着远大的政治抱负写信给韩朝宗。其信写得很直白，以一句赞誉韩朝宗的话开篇，称赞韩朝宗有周公的风度，能够广纳贤者，

《藏云图》崔子忠（明）
此图展现了李白行游途中纵情山水的悠闲姿态。

荐举俊才，然后就以毛遂自比，希望韩朝宗能看到他的不凡文采。正因为自负颇有才干，李白觉得自己缺少的只是机遇，倘若韩朝宗能以盛宴接待他，那么他便可以手不停笔，倚马可待。李白的诗随性自如，写干谒信也有一种洒脱气度，积极向上，自信乐观，急切希望才华得人赏识。

昔王子师①为豫州，未下车即辟荀慈明②，既下车又辟孔文举③。山涛④作冀州，甄拔三十余人，或为侍中、尚书，先代所美。而君侯亦荐一严协律⑤，入为秘书郎，中间崔宗之⑥、房习祖、黎昕、许莹⑦之徒，或以才名见知，或以清白见赏。白每观其衔恩抚躬，忠义奋发，白以此感激，知君侯推赤心于诸贤之腹中，所以不归他人而愿委身国士。傥急难有用，敢效微躯。

且人非尧、舜，谁能尽善？白谟猷筹画⑧，安能自矜？至于制作，积成卷轴，则欲尘秽视听，恐雕虫小技，不合大人。若赐观刍荛⑨，请给纸墨，兼之书人，然后退扫闲轩，缮写呈上。庶青萍、结绿⑩，长价于薛、卞⑪之门。幸推下流，大开奖饰，惟君侯图之。

【注释】

①王子师：王允（137—192），字子师，东汉末年大臣，出身名门望族，勤政爱民，礼贤下士。王允为貂蝉义父，曾密谋刺杀董卓。

②荀慈明：荀爽（128—190），字慈明，东汉末年的名士。

③孔文举（153—208）：孔融，字文举，东汉末年的文学家，“建安七子”之一。

④山涛（205—283）：魏晋时期的名士、政治家，“竹林七贤”之一。

⑤严协律：史书未有记载。协律，官名，掌管乐律。

⑥崔宗之：李白朋友。

⑦房习祖、黎昕、许莹：生平不详。

⑧谟猷筹画：谋略筹划。画，通“划”。

⑨刍荛（ráo）：原意为草野之人，这里是对自己文章的谦称。

⑩青萍、结绿：青萍，宝剑名。结绿，美玉名。二者皆是李白自比。

⑪薛、卞：薛，指薛烛，春秋时越人，善相剑。卞，指卞和，春秋时楚人，善识玉。此处皆用来比喻韩朝宗。

【解读】

荐举与被荐举是两方面的事情，如果不是任人唯亲、徇私舞弊、投机取巧，那么被荐举的人需要有智慧和才干，而举荐的人也需要有慧眼识人的才能和招贤纳士的气度。李白列举前代王允、山涛推贤举能的故事，然后称赞韩朝宗的谦恭待士，表明自己不投奔别人而托付韩荆州的原因，正是钦慕韩朝宗的品行。最后，李白希望能进一步呈现自己的作品，以求对方进一步的了解。

《太白醉酒图》苏六朋（清）

此图描绘了李白在宫殿之中醉酒的情形。李白头戴学士巾，身着白色袍服，在两位内宫侍者的搀扶下摇摇欲坠，但朦胧的眼神中含着高傲之气。

全篇语言豪迈有力，谈吐挥洒自如，可以说是恃才自负，气势不凡。但在直率不羁的气度中又谦恭而恳切，不卑不亢，展现出李白的气度和风采。然而，李白希望得到举荐的愿望却未能如愿以偿。直到天宝元年（742），他才被应诏到长安，过了一段“御手调羹”“力士脱靴”“贵妃捧酒”的宫廷生活，但最终由于受人谗毁而被赐金放还。在安史之乱中，出于平乱的愿望，李白进入永王李璘的幕府。但永王具有反叛之心，最后举兵对抗朝廷。李白也在唐肃宗讨伐永王时受到牵连，被流放夜郎，所幸中途遇赦放还。其晚年漂泊东南一带，最终因病而亡。

纵观李白一生，这位素来风姿脱俗、直率自由的“诗仙”，为了实现济苍生、安社稷的理想，一生漂泊，难得安定，但出世之心依然坚定执着，让人哀叹惋惜。

# 韩愈《应科目时与人书》

月日，愈再拜。天池之滨，大江之溃①，曰有怪物焉，盖非常鳞凡介之品汇②匹俦③也。其得水，变化风雨，上下于天不难也。其不及水，盖寻常尺寸之间耳。无高山、大陵、旷途、绝险为之关隔④也，然其穷涸，不能自致乎水，为獱獭⑤之笑者，盖十八九矣。如有力者，哀其穷而运转之，盖一举手、一投足之劳也。然是物也，负其异于众也，且曰："烂死于沙泥，吾宁乐之。若俯首帖耳，摇尾而乞怜者，非我之志也。"是以有力者遇之，熟视之若无睹也。其死其生，固不可知也。

今又有有力者当其前矣，聊试仰首一鸣号焉，庸讵⑥知有力者不哀其穷而忘一举手、一投足之劳，而转之清波乎？其哀之，命也；其不哀之，命也。知其在命，而且鸣号之者，亦命也。愈今者实有类于是。是以忘其疏愚之罪，而有是说焉。阁下其亦怜察之。

河南孟州韩园内的韩愈塑像（图片提供：微图）

**【注释】**

①渍（fén）：水边，岸边。
②品汇：种类。
③匹俦（chóu）：相比。
④关隔：阻碍。
⑤猵（biān）獭：水中的小兽。
⑥庸讵（jù）：何以，怎么。

**【解读】**

《应科目时与人书》是韩愈在贞元九年（793）参加博学宏辞科考试时，寄给韦舍人的一封书信，希望得到对方引荐。在唐朝，读书人参加科举考试之前，有行卷的风气，就是将自己的诗文作品编辑成册寄给主考官或者有名望的人，以获得欣赏并被引荐，增加自己进入仕途的可能性。

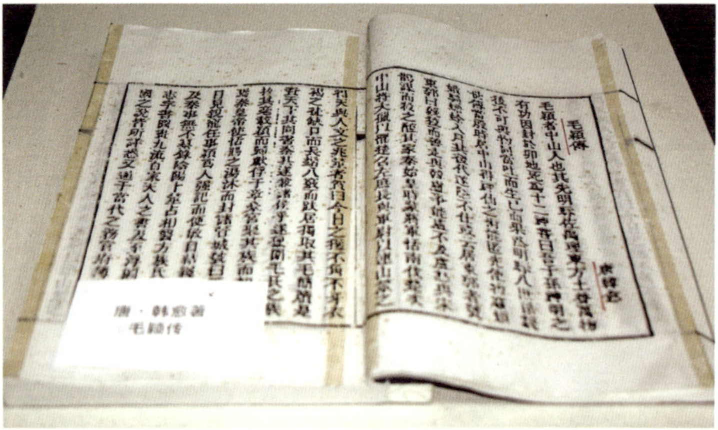


韩愈作品集（书影）

韩愈（768—824），字退之，唐代文学家、思想家，是唐代古文运动的倡导者之一，被后世尊为“唐宋八大家”之首。韩愈年少就成了孤儿，由兄嫂抚养长大。他刻苦自学，富有才气，在唐德宗贞元八年（792）中进士，但三次参加博学宏辞科的考试，均未能入选，曾任节度使判官和监察御史等职位。他后来由于上书谈论天旱人饥，请求减免徭役赋税，指斥朝政，被贬为阳山令；元和十四年（819），又因为反对唐宪宗拜迎佛骨，被贬为潮州刺史。唐穆宗统治时期，韩愈被召为国子监祭酒，历任京兆尹及兵部、吏部侍郎。韩愈一生提倡复兴儒学，主张重新建立儒家的道统，提出了“文以明道”的主张，与柳宗元一起发起古文运动，反对赘典浮辞的骈文。韩愈的散文，笔力雄健，大气磅礴，惊世骇俗；诗歌中多呈现出雄大的气势和奇怪的意象，所谓“字向纸上皆轩昂”。碑志也刻画了许多鲜明生动的人物形象，历来为人称颂。

观《应科目时与人书》，写法颇为新奇，虽是写给当时中书舍人的求荐信，但韩愈下笔不是直接陈述自己的过人才华，也不是赞赏对方的推贤举能，而是借寓言故事以言志这一别出心裁的方式。起篇先写怪物的天赋异禀，得水时兴风化雨，无水时颓丧落魄。得志与失意时的对比，为后来的“有力者”的举手之劳做铺垫。而这怪物偏偏因为“负异于众”而宁可身处烂泥，也不愿祈求有能力者将其转移到有水的地方。在起承转折之间，显示出怪物不流于凡俗的志向。接下来，韩愈又写怪物姑且试着“仰首一鸣”，但有能力者并不可怜它的窘境，未以举手之劳将怪物转移到水中。由此，韩愈发出了关于命运的感叹，遇或不遇都是命也。再联想到自己的处境，韩愈认为自己就如同缺水的怪物一般，希望得到韦舍人的帮助和举荐。韩愈一生用世心切，但生性耿直，昂然不屈，此篇托物寓意，含蓄深沉，字里行间自有一种自命非凡的倔强和慷慨凛然的气概。

# 柳宗元《贺进士王参元失火书》

得杨八①书，知足下遇火灾，家无余储。仆始闻而骇，中而疑，终乃大喜。盖将吊而更以贺也。道远言略，犹未能究知其状，若果荡焉泯焉而悉无有，乃吾所以尤贺者也。

足下勤奉养，乐朝夕，惟恬安无事是望也。今乃有焚炀赫烈之虞②，以震骇左右，而脂膏滫瀡③之具，或以不给，吾是以始而骇也。

凡人之言皆曰：盈虚倚伏④，去来之不可常。或将大有为也，乃始厄困震悸，于是有水火之孽，有群小之愠，劳苦变动，而后能光明，古之人皆然。斯道辽阔诞漫，虽圣人不能以是必信，是故中而疑也。

以足下读古人书，为文章，善小学⑤，其为多能若是，而进不能出群士之上，以取显贵者，盖无他焉。京城人多言足下家有积货，士之好廉名者，皆畏忌不敢道足下之善，独自得之，心蓄之，衔忍而不出诸口，以公道之难明，而世之多嫌也。一出口，则嗤嗤者以为得重赂。

**【注释】**

①杨八：即杨敬之，唐代文学家，因在杨氏家族中排行第八而被称为“杨八”，是柳宗元的亲戚和王参元的好朋友。

②焚炀赫烈之虞：焚炀，焚烧。赫烈，火势旺盛。虞，忧患。

③脂膏滫（xiǔ）瀡（suǐ）：指油脂、淀粉一类的烹调用品。此处泛指食物。

④盈虚倚伏：指祸福相伴。

⑤小学：古代对文字、训诂、音韵之学的统称。

广西柳州龙潭公园《雷神祷雨文石碑

（图片提供：微图）

**【解读】**

《贺进士王参元失火书》是唐代散文家柳宗元写给好友王参元的一封信，当时王参元家中遭逢火灾，财物损失，柳宗元听说后写信表示同情和慰问。

柳宗元出生于安史之乱平定后的第二十年，所处的年代已到中唐时期，再没有开元全盛时“稻米流脂粟米白，公私仓廪俱丰实”的富足和安定。富有远见的文人经历中衰之后，在政治上力求改革，在诗坛与文坛中也倡导革新风气，柳宗元就是代表之一。他曾与韩愈一起倡导文体的改革运动，提出明确的古文理论，并且身体力行，创作出《雷神祷雨文》《始得西山宴游记》等许多名篇佳作，建立了新的散文美学典范。其杂文常常正话反说，利用问答体抒发情感，抨击现实。

这篇《贺进士王参元失火书》也是出语奇警，跌宕起伏，见解独到，让人在世人千篇一律的笔调之外眼前一亮。首先，题目“贺失火”，就让人心生疑窦。接着开篇时由“骇”，到“疑”，到最后“大喜”，即柳宗元听闻朋友遭遇大火后一无所有，心情也由惊吓转而表示祝贺。文章的展开也是围绕着这三个词开始解释：王参元家资富饶，唯求平安无事，现在逢灾受惊，再加上物资匮乏，这是开始吃惊的原因；古人以为祸福相依，受到水火之灾，小人迫害，历经患难之后便能享受安宁和幸福，对于这样玄远迂阔道理的怀疑，是自己迷惑不解的地方；至于大喜，则是因为王参元虽然才华横溢，但是因为家境殷实，清明廉洁的人并不敢在人前称赞他，以免被诬陷为受人恩惠，但是这次失火，让王参元的才能得以展示，别人对他的赏识也就可以毫无顾忌地说出。

仆自贞元十五年①见足下之文章，蓄之者盖六七年未尝言。是仆私一身而负公道久矣，非特负足下也。及为御史尚书郎，自以幸为天子近臣，得奋其舌，思以发明足下之郁塞，然时称道于行列，犹有顾视而窃笑者。仆良恨修己之不亮，素誉之不立，而为世嫌之所加，常与孟几道②言而痛之。

乃今幸为天火之所涤荡，凡众之疑虑，举为灰埃。黔③其庐，赭④其垣，以示其无有，而足下之才能，乃可以显白而不污，其实出矣，是祝融、回禄⑤之相吾子也。则仆与几道十年之相知，不若兹火一夕之为足下誉也。宥而彰之，使夫蓄于心者，咸得开其喙，发策决科者，授子而不栗。虽欲如向之蓄缩⑥受侮，其可得乎？于兹吾有望于子！是以终乃大喜也。

古者列国有灾，同位者皆相吊。许⑦不吊灾，君子恶之。今吾之所陈若是，有以异乎古，故将吊而更以贺也。颜、曾⑧之养，其为乐也大矣，又何阙焉？

足下前要仆文章古书，极不忘，候得数十篇并往耳。吴二十一武陵⑨来，言足下为《醉赋》及《对问》，大善，可寄一本。仆近亦好作古文，与在京城时颇异。思与足下辈言之，桎梏甚固，未可得也。因人南来，致书访死生。不悉。宗元白。

【注释】

①贞元十五年：即公元799年。贞元，唐德宗年号。

②孟几道：孟简（？—823），字几道，柳宗元的好友，曾任谏议大夫。

③黔：黑色。此处指烧焦。

④赭：红色。此处指烧红。

⑤祝融、回禄：均为传说中的火神。其中祝融为颛顼帝之孙，被尊为“火神”，常在高山上奏乐，传为《九天》。

⑥蓄缩：收缩，指怠于行事。

⑦许：春秋时中原地区的小国。

⑧颜、曾：指颜回与曾参，是孔子的两个弟子，能安于清贫生活。

⑨吴二十一武陵：吴武陵，因在家中排行二十一而得名，为柳宗元和王参元的好友。

柳宗元读书图

【解读】

对于朋友失火，不吊反贺，可谓立意新奇，行文奇崛，然而柳宗元并不只是让文章显得别出心裁，在这其中有着更为深刻的现实原因。柳宗元于贞元九年（793）登进士第，后来又考中博学宏辞科，被授予集贤殿正字的职位。唐顺宗时，柳宗元为“永贞革新”的主力之一，任礼部员外郎，在短短四五个月里推出了一系列改革措施，抑制藩镇、打击宦官、改革病民弊政、用贤进士，颇有成效。柳宗元读过王参元的诗作，非常看重王参元的才能，但在当时论资排辈、因循守旧的官场中，由于王参元家有资财，反而让被荐之人和荐举之人都有行贿受贿的嫌疑，柳宗元也因此被指为贪求名利之徒，最后只能知才不荐。对此，柳宗元一直心怀愧疚。这一场大火让王参元家徒四壁，如此一来，其才能就不会被资财遮蔽，柳宗元正是为此而向王参元道贺。当然，柳宗元不吊反贺一方面是以反语安慰朋友，言语之后更表达了对于猜忌横行、世道险恶的鄙薄和愤懑。十年相知不如一夕之火，柳宗元在奇思妙语中道出心酸现实和悲凉人生。

# 王安石《答司马谏议书》

某启：昨日蒙教，窃以为与君实游处相好之日久，而议事每不合，所操之术多异故也。虽欲强聒①，终必不蒙见察，故略上报，不复一一自辨；重念蒙君实视遇厚，于反复不宜卤莽，故今具道所以，冀君实或见恕也。

盖儒者所争，尤在于名实②，名实已明，而天下之理得矣。今君实所以见教者，以为侵官③、生事、征利、拒谏，以致天下怨谤也。某则以谓受命于人主，议法度而修之于朝廷，以授之于有司④，不为侵官；举先王之政，以兴利除弊，不为生事；为天下理财，不为征利；辟邪说，难壬人⑤，不为拒谏。至于怨诽之多，则固前知其如此也。人习于苟且非一日，士大夫多以不恤国事、同俗自媚于众为善。上乃欲变此，而某不量敌之众寡，欲出力助上以抗之，则众何为而不汹汹然。盘庚之迁⑥，胥怨者民也，非特朝廷士大夫而已；盘庚不为怨者故改其度，度义而后动，是而不见可悔故也。如君实责我以在位久，未能助上大有为，以膏泽斯民，则某知罪矣；如曰今日当一切不事事，守前所为而已，则非某之所敢知。

无由会晤，不任区区向往之至。

【注释】

①强聒：强作解释。聒，嘈杂，此指多话。
②名实：名分与实际，指名实相符。
③侵官：指增设新机构，侵夺原有机构的职权。
④有司：负有专职的各部门官员。
⑤难壬人：难，拒斥。壬人，奸诈巧辩的小人。
⑥盘庚之迁：即盘庚迁殷。商代君主盘庚继位后，为了缓解政治危机，力排众议，迁都于殷（今河南安阳），此后商代政局逐渐稳定，两百多年内未再迁都。

【解读】

《答司马谏议书》是北宋宰相王安石写给政敌司马光的回信，反驳了司马光在政治上对自己的质疑，表明变法决心。

北宋庆历年间，社会矛盾尖锐，民族对立严重，宋太祖赵匡胤采取的一系列措施使得国家出现冗官、冗兵、冗费、积贫积弱的情况。面对危机，一些爱国爱民的仁人志士积极献策，朝廷内出现改革派与守旧派的争斗。王安石与司马光曾经共事多年，又因为共同的品格和志趣，彼此倾慕，相交甚深。然而，在对待政治问题上，两人却因政见不同而发生分歧。宋神宗即位后，为解决财政日益困窘的状况，采纳了王安石的建议，进行变法，这就是历史上著名的“熙宁变法”。熙宁三年（1070）春，青苗法施行后，当时任右谏议大夫的司马光写了一份三千多字的信给王安石，兴师问罪，批评新法。面对昔日好友、当下政敌的指责，王安石写了这封《答司马谏议书》，予以回应。

王安石像

王安石的回信仅为380字，集中笔墨针对司马光关于“侵官”“生事”“征利”“拒谏”“招怨”的批评，逐条作答。关于侵官，王安石认为自己是根据皇帝命令制定变法的制度，又有大臣参与讨论，并不是侵夺同僚权力。关于生事，王安石阐明是由于新法损害了一些大官僚的利益，引起他们不满，与扰民生事存在本质区别。关于征利，王安石驳斥，变法虽然向民众征收钱财和贷款利息，但是为了集资兴修水利、解决民众急需用钱的窘境，同时又增加国家的财政收入，根本目的在于为天下理财。关于拒谏和招怨，王安石举出历史事实，说明自己坚持变法、反对保守派因循守旧的想法并没有错。全文言简意赅，简洁峻切，文笔犀利，表达出矢志不移的变法决心，成为古代驳论名篇之一。

# 苏轼《答李端叔书》

轼顿首再拜。闻足下名久矣，又于相识处，往往见所作诗文，虽不多，亦足以仿佛其为人矣。寻常不通书问，怠慢之罪，犹可阔略，及足下斩然①在疚，亦不能以一字奉慰，舍弟子由②至，先蒙惠书，又复懒不即答，顽钝废礼，一至于此，而足下终不弃绝，递中再辱手书，待遇益隆，览之面热汗下也。足下才高识明，不应轻许与人，得非用黄鲁直③、秦太虚④辈语，真以为然耶？不肖为人所憎，而二子独喜见誉，如人嗜昌歜、羊枣⑤，未易诘其所以然者。以二子为妄则不可，遂欲以移之众口，又大不可也。

轼少年时，读书作文，专为应举而已。既及进士第，贪得不已，又举制策⑥，其实何所有。而其科号为“直言极谏”，故每纷然诵说古今，考论是非，以应其名耳。人苦不自知，既以此得，因以为实能之，故譊譊⑦至今，坐此得罪几死，所谓齐虏以口舌得官⑧，真可笑也。然世人遂以轼为欲立异同，则过矣。妄论利害，挽说得失，此正制科人习气。譬之候虫时鸟，自鸣自已，何足为损益。轼每怪时人待轼过重，而足下又复称说如此，愈非其实。

【注释】

①斩然：哀痛忧伤的样子。

②子由：即苏辙，字子由，为苏轼的弟弟，北宋文学家。

③黄鲁直：黄庭坚（1045—1105），字鲁直，号山谷道人、涪翁，北宋文学家、书法家，擅长文章、诗词，尤工书法，与秦观、晁补之和张耒并称“苏门四学士”。

④秦太虚：秦观（1049—1100），字太虚，又字少游，北宋文学家、词人，苏门四学士之一，被誉为“婉约派一代词宗”。

⑤昌歜（chù）、羊枣：昌歜，用菖蒲做的腌菜。羊枣，俗称“羊氏枣”，果实小而圆，紫黑色。

⑥制策：分设科目。由皇帝亲自策问应举之进士。

⑦谚谚：语声纷然的样子。

⑧齐虏以口舌得官：汉高帝时齐人刘敬因劝说刘邦定都秦地而官拜郎中。后来奉使匈奴，还报不可出击匈奴，被汉高帝骂：“齐虏以口舌得官。”

【解读】

《答李端叔书》是北宋大文豪苏轼写给词人李之仪（字端叔）的回信。熙宁二年（1069），宋神宗重用王安石变法，由于政见不合，苏轼主动离开朝中，去往地方任官。元丰二年（1079），苏轼调任湖州知州，上任后即给皇帝写了一封《湖州谢表》，但由于内容带有感情色彩，出现“愚不适时，难以追陪新进”等字眼，被谏官李定、舒亶等人弹劾是反对新法，而被捕入狱，即历史

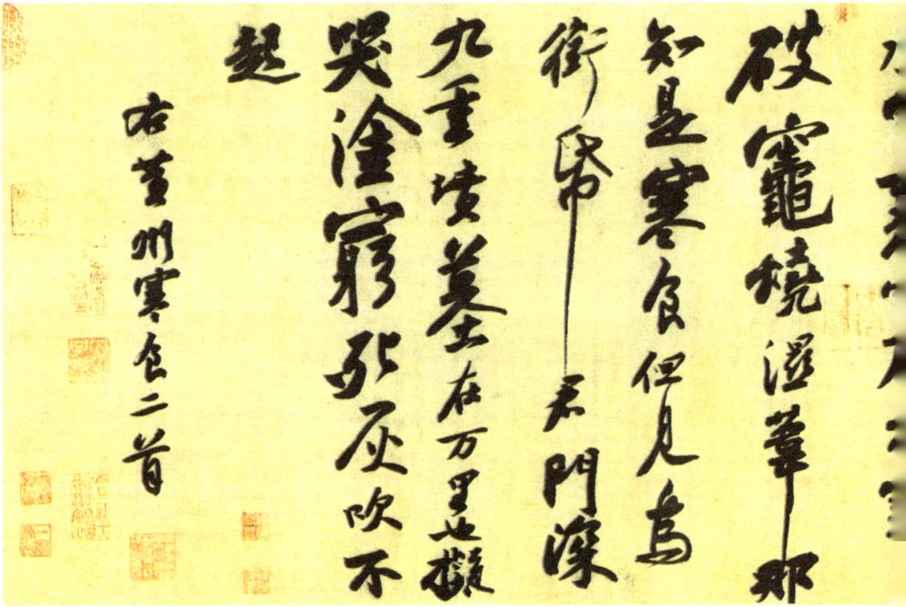


《黄州寒食帖》苏轼（宋）

上著名的“乌台诗案”。在出狱后，苏轼被贬为黄州团练副使。当时在朝为官的李之仪为苏轼鸣不平，积极联系好友和官宦在朝中活动，以求让苏轼早日返京，并寄书信表示慰问和思念。这份《答李端叔书》就是苏轼的回信。

苏轼对于李之仪的了解来源于他的诗文，但一直以来疏于联系。而李之仪对苏轼却非常关心，即使在苏轼失势时也常有书信问候，正是所谓的患难之中见真情。面对李之仪的亲切关怀，苏轼异常感动，但由于受到乌台诗案的打击，他再没有少年时斗志昂扬的精神，开篇即劝说李之仪：黄庭坚和秦观对他赞誉有加，只是个人爱好，不可受到两人的影响而过高的看重自己；而他少年时读书作

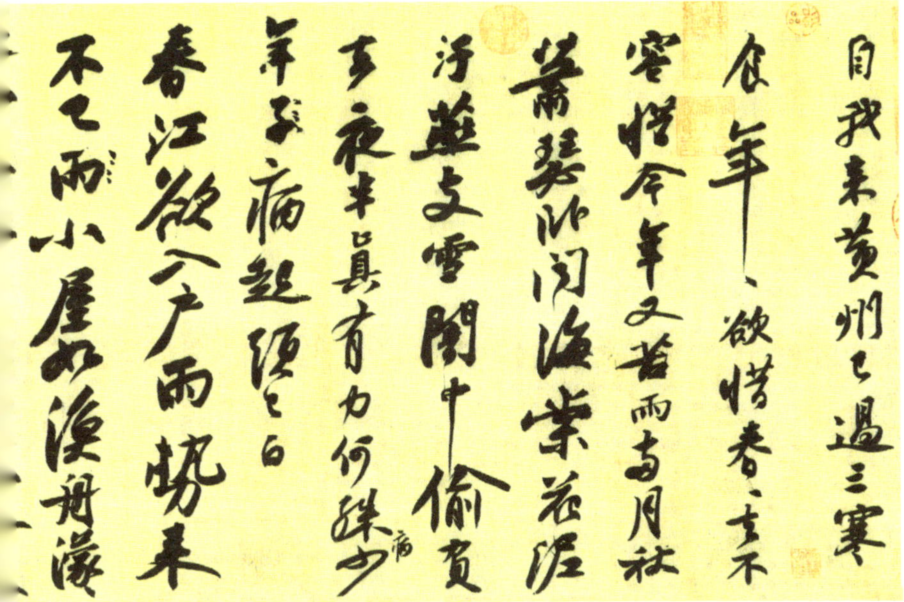

文都是为了应举，以往作品中品评古今人物、纵论为政是非的策论文章，不过是书生的泛泛而论，用来应和“直言极谏”的科名，不足称述。

这是苏轼对于过往的反思和内省，本来是一腔热血希望谏言进策，却因为诗文而被强加罪名。在经历一番波折之后回顾往昔，看官场得失，苏轼对于曾经想要一展宏图的愿望不免觉得荒唐可笑。

《西园雅集图》华嵒（清）

此图描绘了苏轼与黄庭坚、秦观、米芾、李公麟等人在驸马都尉王诜的西园内集会的场景。当时的苏轼享有盛名，意气风发，与被贬黄州后的思想截然不同。

得罪以来，深自闭塞，扁舟草屦，放浪山水间，与樵渔杂处，往往为醉人所推骂。辄自喜渐不为人识，平生亲友无一字见及，有书与之亦不答，自幸庶几免矣。足下又复创相推与，甚非所望。

木有瘿①，石有晕②，犀有通③，以取妍于人，皆物之病也。谪居无事，默自观省，回视三十年以来所为，多其病者。足下所见皆故我，非今我也。无乃闻其声不考其情，取其华而遗其实乎？抑将又有取于此也？此事非相见不能尽。自得罪后，不敢作文字。此书虽非文，然信笔书意，不觉累幅，亦不须示人。必喻此意。岁行尽，寒苦。惟万万节哀强食。不次④。

**【注释】**

①瘿（yǐng）：指树木隆起如瘤。
②晕：花纹或波纹。
③通：空。
④不次：谦辞，指语无伦次。

**【解读】**

被贬之后的苏轼，以一双草鞋，一叶扁舟，放浪形骸于山水之间，与乡野的樵夫渔民相处，在路上甚至会被醉汉推搡辱骂。而亲朋好友没有只言片语的问候，即使寄信给他们也没有回复。在这种处境中的苏轼却说“自喜渐不为人识”，这种“喜”，更多的包含着一种世态炎凉的感慨。紧接着，苏轼阐发自己在谪居无事时的所思所想。正如同有木瘤之奇树、褶皱的怪石、带洞的犀角等原本存在缺陷的病态事物，反而成为人们争相收藏的珍异之物，苏轼回首往事，一番反省之后，发现自己多年来追求的“有所作为”，同样也只不过是取悦于人的病态。至此，苏轼的人生观已发生了明显的变化，即所谓的“昨日之我，并非今日之我也”。最后，苏轼又提醒李之仪，不要让此信被别人看见，以免招来横祸。文章通篇是平淡的日常之语，但满纸都是辛酸之言，肺腑之话，在豪放旷达之中又难掩落寞与失意，不过难得的没有一句激切愤慨之辞，体现了苏轼文风的变化。

苏轼在贬谪黄州之后，无论是生活、思想还是创作都有了极大的改变，因为政治失意，又受到佛家和道家思想的影响，形成一种安时处顺的性格。他在此期间写下了著名的《黄州寒食帖》：“自我来黄州，已过三寒食。年年欲惜春，春去不容惜。今年又苦雨，两月秋萧瑟。卧闻海棠花，泥污燕支雪。暗中偷负去，夜半真有力。何殊病少年，病起头已白。”虽然报国事君勤政爱民的理想从来不变，但往日的政治抱负和锐意进取早已消散，更多的是对无奈人生的感悟。

身处复杂的政治斗争中，苏轼一直光明磊落，刚正不阿，不因为个人利益而随波逐流，望风使舵，因此宋人称他“大志极可观”。除却高山仰止的文学才华，这种立朝从政的品质和政治失意后随意自适的态度，也是这位伟大的文学家为后人推崇的主要原因。

# 陆游《谢葛给事启》

杜门讼六十年之非①，久安散地；起家忝二千石之重②，忽奉明恩。惊衅垢之渐除，扶衰残而下拜。

伏念某学由病废，仕以罪归，冥心鵷鹭③之行，投迹鸡豚之社④。海三山之缥缈，钓鳌⑤已愧于初心；楚七泽之苍茫，殪兕⑥亦成于昨梦。但欲负耒慕许行之学⑦，岂复叩角歌宁戚⑧之诗。偶逢公朝使过之时，躐畀⑨近郡承流之寄。所蒙过矣，自揆⑩茫然。天际郁葱，望九重之云气；道周蔽芾⑪，扫四世之棠阴⑫。得遂此行，孰为之地。

此盖伏遇侍讲给事道本文王之正⑬，学师孟氏之醇⑭。腾茂实而蜚英声，久隆上眷；息邪说而距诐行，遂擅儒宗。方与万物而皆春，不忍一夫之独泣。

某偶阶末契，遂借余光。虽饭豆羹藜⑮，不敢望功名于老大；然书绅铭座，尚思复玷缺之艰难。





**【注释】**

①讼六十年之非：意思是此时 61 岁。

②起家忝二千石之重：起家，给居家无爵禄的人授予官职。忝，谦辞，辱没。二千石，代指俸禄为二千石的知府。
③冥心鹓（yuān）鹭：飞行有序的鹓和鹭，指代朝官。
④鸡豚之社：借指地方行政。
⑤钓鳌：比喻豪迈的举止，远大的抱负。
⑥殪兕（yì sì）：杀死大兽，比喻豪举壮志。兕，上古瑞兽，状如牛。
⑦负耒慕许行之学：许行（约前 372—前 289），战国时期楚国农学家，主张并耕而治。耒，农具。据《孟子·滕文公上》载，楚国儒者陈良的学生曾带着农具拜许行为师。
⑧宁戚：春秋时卫国人，贫困难以自达，敲击牛角悲歌，最后被齐桓公任用为客卿。
⑨躐畀（liè bì）：踏过。
⑩揆：揣测。
⑪道周蔽芾：道周，道路曲折隐蔽的地方。蔽芾，树叶初生时弱小的样子。
⑫棠阴：比喻好官的政绩。
⑬文王之正：周文王的正义筹划。
⑭孟氏之醇：孟子学说的醇厚。
⑮藜：野菜。

陆游像

【解读】

《谢葛给事启》是南宋诗人陆游在 61 岁时被启用为严州知府后，为了对亲朋好友表示感谢而写的数封书信之一。葛给事即葛邲，与陆游交往甚密。

靖康之难以后，北宋沦亡。宋高宗赵构南渡，在临安（今杭州）建立政权，史称南宋。南宋的统治者偏安江南一隅，不思北伐，致北方的人民于水生火热之中。在国破家亡的危机时刻，广大人民群众揭竿而起，组织义军奋起抗金。与此同时，朝廷内一些关心

因陆游而闻名的绍兴沈园





国家命运和社稷安定的仁人志士、文官武将，也主张抗战和北伐，反对软弱求和的态度。因此有了岳飞精忠报国的雄心壮志，文天祥“人生自古谁无死，留取丹心照汗青”的浩然情怀，以及爱国诗人陆游一生的奔波。

陆游出生三年后北宋灭亡，他成长于动乱的岁月，目睹了烽火中妻离子散的苦难，因此年轻时就立下了“上马击狂胡，下马草军书”的雄心壮志。可惜南宋统治阶级腐败，奸臣秦桧窃踞相位，专权擅国，一直乞求苟安而主张投降。因此，主战的陆游从政前后三十年，多次被罢免。他先是参加进士考试，名列前茅却被秦桧除名；宋孝宗即位赐他以进士出身，虽历任建康、隆兴、夔州通判，却屡遭挫折；后来参与王炎、范成大的幕府，一度亲临前线，参与军事斗争，但仍未实现抗金救国的理想；到淳熙十年（1183），才被重新起用为严州知府。就在此时，陆游写下致谢信《谢葛给事启》。

陆游在信中除了陈却谢意，所言更多的是自己的豪情壮志。“平生万里心，执戈王前驱”，从青春年少到白发鬓鬓，他始终怀着一颗“灭胡心”，甚至是梦里也一刻不忘。而窗外的风雨之声，也时常被当作金戈铁马的杀伐之音。可惜如信中所写，他始终壮志难酬。在不得已时，陆游偶尔也怀着躬耕田园的想法，所幸突然又被赋予官职，久已沉寂的雄心再次被唤醒。言语之间，可见这位已经六旬的老人对于这次的起用依然满怀向往，想要完成收复故土的愿望。

然而，陆游的理想再次被现实打碎。他最终因提出“修缮兵备，搜拔人才”的建议，被冠以所谓“嘲咏风月”的罪名而罢官。此后陆游退居故里山阴（今浙江绍兴），于嘉定三年（1210）怀着“死前恨不见中原”的遗恨离世。在去世前，陆游写下绝笔诗《示儿》：“死去元知万事空，但悲不见九州同。王师北定中原日，家祭无忘告乃翁。”爱国之心，可歌可泣。

# 袁宏道《与丘长孺书》

闻长孺①病甚，念念。若长孺死，东南风雅尽矣，能无念耶？

弟作令备极丑态，不可名状。大约遇上官则奴，候过客则妓，治钱谷则仓老人②，谕百姓则保山婆③。一日之间，百暖百寒，乍阴乍阳，人间恶趣，令一身尝尽矣。苦哉！毒哉！

家弟秋间欲过吴。虽过吴，亦只好冷坐衙斋，看诗读书，不得如往时，携猢狲④登虎丘山故事也。

近日游兴发不？茂苑主人⑤虽无钱可赠客子，然尚有酒可醉，茶可饮，太湖一勺水可游，洞庭一块石可登，不大落寞也。如何？





【注释】

①长孺：丘长孺，名坦，字坦之，号长孺，诗书皆佳。
②仓老人：管理粮仓的老吏。
③保山婆：媒婆。

④猢狲：原喻顽童，这里为弟弟的昵称。
⑤茂苑主人：对自己作为姑苏地方官的自称。

**【解读】**

《与丘长孺书》是明代文学家袁宏道在赴任吴县县令时，写给朋友丘长孺的书信。袁宏道（1568—1610），字中郎，又字无学，号石公，又号六休。其年少敏慧，于万历二十年（1592）中进士，后担任吴县知县，将吴县治理得井井有条。当时宰相申时行赞叹说："二百年来，无此令矣！"可见为政颇得人心。袁宏道酷爱山水，在游历苏杭期间，写下《满井游记》《初至西湖记》等众多脍炙人口的小品文，又不惜冒险登临，甚至有"与其死于床，何若死于一片冷石也"的话。

袁宏道也是明代反对复古文学的主力之一。他既反对前后七子（明代中叶的诗文流派）师法秦汉的文风，也反对唐宋派提倡的唐宋文风，强调文章要真实表现作者的个人情感和生活意欲。其兄袁宗道、弟袁中道并有才名，在当时形成了颇有影响的文学流派，因为是荆州公安县人，被称作"公安派"。

丘长孺作为袁氏兄弟的好友，往来频繁，因而经常互通书信。《与丘长孺书》即是袁宏道向丘长孺抒发个人感慨的信函。袁宏道在信中首先表达了对朋友殷切的问候，然后谈论自己所处官场中的种种丑态，说明自己正饱尝人间冷暖的磨难，言语多有自嘲，道尽肺腑。在篇尾，袁宏道也邀约丘长孺前来赏玩，以有酒可醉、有茶可饮、有水可游、有石可登作为诱惑，用语简洁，透露出对自然山水的热爱和邀约朋友的诚挚。《与丘长孺书》体现了袁宏道一贯的写作风格，因情而发，流畅自然，是直抒性灵的代表作。

# 徐渭《答许口北》

公之选诗，可谓一归于正，复得其大矣。此事更无他端，即公所谓可兴、可观、可群、可怨，一诀尽之矣。试取所选者读之，果能如冷水浇背，陡然一惊，便是兴观群怨之品，如其不然，便不是矣。

然有一种直展横铺，粗而似豪，质而似雅，可动俗眼，如顽块大脔①，入嘉筵则斥，在屠手则取者，不可不慎之也。

鄙本盲于诗，偶去取，无甚异同于公，然有异同，亦恃公之知，不敢诡随也，不妨更尔。惟子安②《采莲》《长安》等篇，涉艳者，愚意在所必选，比之真西山③《文章正宗》，附李斯《逐客书》④可也。如何如何？





**【注释】**

①脔（luán）：块状的肉。

②子安：初唐诗人王勃，字子安。

③真西山：指宋代文学家真德秀，学者称“西山先生”。

④《逐客书》：即秦代李斯所写的《谏逐客书》，是一篇优秀的公文。

【解读】

《答许口北》是明代文学家、书画家徐渭晚年写给朋友许希孟（时为宣化府口北道守将。不称名而称呼所任职的地名，为古人的一种敬称）的书信，主要阐述了他关于品评诗歌的观点。

徐渭（1521—1593）出生于浙江绍兴的没落官僚之家，为父亲晚年纳妾所生，出生百日后，父亲就去世，而生母也在其十岁时被赶出家门。徐渭一直跟随兄长生活，在家里没有什么地位，在21岁时入赘同县的潘家。徐渭不仅在生活上接连遭遇变故，仕途也是终身坎坷，曾经八次参加乡试，但是屡试不中。之后他在浙闽总督胡宗宪府中做幕僚，屡出奇谋，为抗击徐海等倭寇立下战功。胡宗宪倒台入狱后，徐渭因此案屡遭迫害，多次自杀未遂，精神失常，几近癫狂。后来他发病时因为误杀后妻被捕入狱，服刑七年，直到万历元年（1573）大赦天下，才得以出狱。从此之后徐渭一直潦倒困苦，晚年以卖画为生，但从不为官僚作画，最后凄凄惨惨地死去。

一生坎坷的徐渭，却是名副其实的才子，在诗文、绘画和戏剧等领域都有不凡的成就。徐渭自小就惊才绝艳，十多岁时仿扬雄的《解嘲》作《释毁》，轰动全城，被称为神童；青年时与越中名士姚海樵、沈鍊等人相交往，被列为“越中十子”之一。他的文艺创作涉猎广泛，自称书一、诗二、文三、画四。在创作上，徐渭扫除陈规，独具一格；书画方面，擅长气势磅礴的草书和泼墨写意画，用墨挥洒，风格奇特；戏剧则以杂文笔法描画出荒唐的社会，在嬉笑怒骂之间讽刺世事，以讽世杂剧《四声猿》最为出色；诗歌书写真实性情，雄浑浩大，气象不凡；散文泼辣机智、幽默多趣。

《答许口北》是徐渭晚年的散文作品。当时他出狱以后到朋

徐渭绍兴故居（图片提供：微图）

徐渭书画作品《泼墨十二段》之六

友所在的宣化幕府做幕僚，与当地的文武高官交往频繁，经常探讨艺术观点，其中就包括许希孟。徐渭曾给许希孟作过一些画，而这位将军则给予他资助补偿，两人相处颇为融洽。在这封信中，徐渭阐述了自己关于诗歌的观点：好的诗作，应该是像冷水浇到背上一样，能够让人陡然一惊，产生共鸣；对于那些直展铺横、故作豪放或高雅的作品，应力主慎取。此种看法，不同于儒家历来所推崇的诗论，即儒家认为诗“可以兴，可以观，可以群，可以怨”，强调诗歌的社会功能，而评诗的准则是“温柔敦厚”，因而以圆润含蓄、委婉深曲、情致隽永为佳作。但徐渭就一反这种诗歌“发乎情，止乎礼”的看法，品诗见解独特。

# 李贽《答友人书》

或曰：“李卓吾①谓暴怒是学，不亦异乎！”有友答曰：“卓老断不说暴怒是学，当说暴怒是性也。”或曰：“发而皆中节②方是性，岂有暴怒是性之理！”曰：“怒亦是未发中有的。”

吁吁！夫谓暴怒是性，是诬性也；谓暴怒是学，是诬学也。既不是学，又不是性，吾真不知从何处而来也，或待因缘而来乎？每见世人欺天罔人之徒，便欲手刃直取其首，岂特暴哉！纵遭反噬，亦所甘心，虽死不悔，暴何足云！然使其复见光明正大之夫，言行相顾之士，怒又不知向何处去，喜又不知从何处来矣。则虽谓吾暴怒可也，谓吾不迁怒可也。

**【注释】**

①李卓吾：指李贽。

②发而皆中节：人的每个行为都合乎法度礼教。

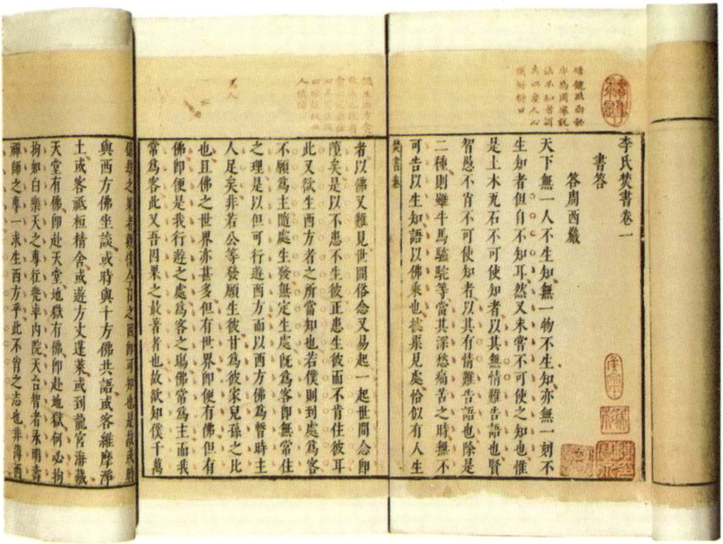

李氏焚書卷一
書答
答周西巖
天下無一人不生知無一物不生知亦無一刻不
生知者但自不知耳然又未嘗不可使之知也惟
是土木瓦石不可使知者以其無情難告語也賢
智愚不肖不可使知者以其有情難告語也除是
二種則雖牛馬驢駝等當其深愁痛苦之時無不
可告以生知語以佛乘也據業見處恰似有人生
焚書卷一

者以佛又難見世間俗念又易起一起世間念即
墮矣是以不患不生彼正患生彼而不肯住彼耳
此又欲生西方者之所當知也若僕則到處爲客
不願爲主隨處生發無定生處既爲客即無常住
之理是以但可行遊西方而以西方佛爲暫時主
人足矣非若公等發願生彼甘爲彼家兒孫之比
也且佛之世界亦甚多但有世界即便有佛但有
佛即便是我行遊之處爲客之場佛常爲主而我
常爲客此又吾因果之最著者也故欲知僕千萬

《焚书》书影

**【解读】**

《答友人书》是明代文学家、思想家李贽写给朋友的书信，也是礼教“异端”和封建卫道士的争辩。明朝晚期，政治腐败，派系斗争激烈，由此引发一些有识之士在政治、经济领域的改革，思想界也随之出现变革。以王艮、颜钧、何心隐、李贽为代表的“王学左派”应运而生，成为封建社会的叛逆者。尤其是思想激进的李贽，被人们奉为“异端”之尤。

李贽（1527—1602），字宏甫，号卓吾，嘉靖三十一年（1552）中举人，历任河南共城（今辉县市）教谕、南京国子监博士、礼部司务、户部员外郎、云南姚安府知府等官。在二十余年的仕宦生涯中，李贽深谙为人管束之苦，于 54 岁时辞官。不过他并不是归隐乡间，不问世事，而是携带妻女前往湖北黄安，和朋友耿定理共同讲学。李贽对此种生活的解释是：“我老矣，得一二胜友，终日晤言，以遣余日，即为至快，何必故乡也？”耿定理死后，李贽将妻女送回家乡，自己孑然一身地到湖北麻城龙潭芝佛院中读书著作，完成了《初潭集》《焚书》等著作。万历十六年（1588），他剃头以示自己和世俗决裂，但却并不受戒，不参加僧众的唪经祈祷。当

北京通州西海子公园李贽墓

地人曾要把他赶出去，李贽表示：“我可杀不可去，头可断而身不可辱。”万历二十五年（1597）至二十八年（1600），李贽到山西、通州、济宁、南京游历，回到麻城后，即被当地人以“维护风化”之名赶走。万历三十年（1602），李贽被奏劾下狱，最终在狱中自杀。

李贽思想叛逆，以孔孟传统儒学的“异端”自居，认为“圣人不曾高，众人不曾低”，猛烈抨击程朱理学等一切伪道学。在文学创作方面，他提出“童心说”，认为创作要以自然真实的感情为基础，反对当时前后七子的摹古风尚。其散文也摆脱了传统古文的思想格局，思想大胆，脱口而出。那些申斥庸俗的官僚士大夫的文字，不枝不蔓，针针见血，淋漓畅快，可谓抒尽心中块垒。

这封《答友人书》就是李贽反对礼教的体现，其以一组对话开始，描述了他与封建卫道士关于天性的不同看法。封建秩序和封建礼教的卫道士们认为，“发而皆中节”才是天性，要求人们奉行封建礼教，合乎法度。而李贽认为情绪自然而发是天性，要敢怒敢喜。对于那些欺天罔人的暴徒恨不得割下他们的脑袋，纵然两败俱伤，同归于尽也是虽死不悔；而对于“言行相顾”的志士却是喜不自禁，愤怒早就烟消云散。全篇文字简短有力，慷慨激昂，满含真性情。

# 汤显祖《答吕姜山》

寄吴中曲论良是①。“唱曲当知，作曲不尽当知也”，此语大可轩渠②。凡文以意趣神色为主。四者到时，或有丽词俊音可用。尔时能一一顾九宫四声③否？如必按字摸声④，即有窒滞迸拽⑤之苦，恐不能成句矣。

弟虽郡住，一岁不再谒有司。异地同心，惟与儿辈时作磻溪之想⑥。

【注释】

①良是：很对。

②轩渠：原指儿童举手耸身以就父母，后指笑貌。此处是赞同的意思。

③九宫四声：泛指音律。九宫，曲调名，是仙吕宫、南吕宫、中吕宫、黄钟宫、正宫、大石调、双调、商调和越调的合称。四声，指平、上、去、入四种声调。

④按字摸声：按照音律来选择文字。

⑤窒滞迸拽：音调滞涩，不能流畅婉转。

⑥磻溪之想：隐居的想法。

《牡丹亭》油画（图片提供：微图）





**【解读】**

《答吕姜山》是明代戏曲家汤显祖与朋友吕溉昌（号姜山）交流戏曲理论的信函。汤显祖（1550—1616）出身于书香门第，承袭了四代习文的家风，极富才情，但在进士科考中屡屡受挫，直到万历十一年（1583）才考中进士。之后他在南京任太常寺博士，掌管礼乐祭祀；万历十九年（1591），由于上本《论辅臣科臣疏》冒犯君威，而被贬谪到广东徐闻县任小吏典史。后来，又几经宦海沉浮，汤显祖于万历二十六年（1598）辞官归隐，在临川的玉茗堂中创作了《牡丹亭》这一戏曲史上的传奇佳作。

吕濒昌与汤显祖同年中进士，爱好戏曲。他的儿子吕天成是明代的戏曲理论家，著有《曲品》一书，是继《南词叙录》之后的第二部著录和评论明代传奇的专书。书中将沈璟和汤显祖同列为上上品，并提出了“合之双美”的说法。

在《答吕姜山》这封信中，汤显祖首先赞同了吴中关于戏曲、散曲的理论，认为曲律应该是唱戏的人所熟知的，而对于创作的人并非必然。他主张用富有文采的语言来表达真情，行文时不必时刻顾忌声律而妨害文采，更反对在音韵拘束下选取文辞，影响感情的自然抒发。文章中提出的“意、趣、神、色”，则是他对于创作戏曲的重要主张。有人认为，正是由于汤显祖在《答吕姜山》中彻底否定了当时戏曲家沈璟的声律论，因而揭开了“沈汤之争”的序幕。

沈璟与汤显祖皆为明代传奇戏曲创作的代表，但两人各自的戏曲主张不同。沈璟的创作思想偏向于保守，强调语言通俗自然，讲究声律，甚至因律害意也在所不惜。而汤显祖的戏曲至情论，则偏重曲意，重视内容、情感和文采。后来，以沈璟为中心形成了吴江派，以汤显祖为代表则形成了临川派。吴江派与临川派因戏曲理论的分歧而水火难容，但讽刺的是，沈璟曾将汤显祖的《牡丹亭》改为《同梦记》。对此，汤显祖还极为不满，曾说“余意所致，不妨拗折天下人嗓子”。虽然是极端的话，不过那些曾让林黛玉如痴如醉的清词丽句，直到今日依然让人击节叹赏，是意到、趣到、神到、色到的至情之作。

# 张岱《与包严介》

前承垂顾①，弟偶他出，不及倒屣②迎兄，殊为懊恨。今承邮致兰亭属和诸诗，如金谷园石崇③斗富，火浣布衣及仆从，珊瑚树堆垛阶墀，弟如范丹④，望之却走矣。后见《画诗楼诗》，又复奇妙，真得诗画合一之理。弟独谓诗中有画，画中有诗，因摩诘一身兼此二妙，故连合言之。若以有诗句之画作画，画不能佳；以有画意之诗为诗，诗必不妙。如李青莲⑤《静夜思》诗“举头望明月，低头思故乡”，有何可画？王摩诘⑥《山路》诗“蓝田白石出，玉川红叶稀”，尚可入画；“山路原无雨，空翠湿人衣”，则如何入画？又《香积寺》诗“泉声咽危石，日色冷青松”，泉声、危石、日色、青松，皆可描摹；而“咽”字、“冷”字，则决难画出。故诗以空灵才为妙诗，可以入画之诗，尚是眼中金银屑也。画如小李将军⑦，楼台殿阁，界画写摩，细入毫发，自不若元人之画，点染依稀，烟云灭没，反得奇趣。由此观之，有诗之画，未免板实，而胸中丘壑，反不若匠心训手之为不可及也。吾兄精于藻鉴，故以此言就正高明，惟祈晋而教之。

【注释】

①垂顾：敬称他人来访。
②倒屣：指迎接突然到来的客人，连鞋子都穿倒了。形容对来客的欢迎。
③石崇：字季伦，为西晋文学家、大富豪，是西晋开国元勋石苞之子，后因拒绝将宠妾绿珠送给有权势的孙秀，被诬为乱党，夷三族。
④范丹：字史云，东汉名士，为中国古代廉吏典范。
⑤李青莲：即李白（701—762），字太白，号青莲居士，唐代浪漫主义诗人，有“诗仙”之誉。
⑥王摩诘：指王维（701—761，一说699—761），字摩诘，唐代著名诗人、画家。
⑦小李将军：即唐代画家李昭道，出身于唐朝宗室，是彭国公李思训之子，曾任太原府仓曹、太子中舍人等职，世称小李将军。

【解读】

《与包严介》是明末清初的文学家张岱写给朋友包严介（按古人行文体例，“严介”当为字或号，其名无考）的书信，主要讲述了张岱本人关于诗画关系的理解。

张岱（1597—1679），字宗子、石公，号陶庵，又号蝶庵居士，出生于仕宦之家，先辈都是饱学之士。张岱是明末清初著名的散文家、小品文大师，自小就颇有才气。6岁时随祖父到杭州，遇到眉公（即陈继儒，明代文学家、书画家，著有《小窗幽记》等书）骑着驯鹿在钱塘游玩。眉公想要试试他的对仗才能，指着屏上的《李白骑鲸图》说道：“太白骑鲸，采石江边捞夜月。”张岱立即答道：“眉公跨鹿，钱塘县里打秋风。”眉公大喜，称张岱为他的小友。张岱青年时期，由于家境优越，多纵情山水，在风花雪月、山水园林、琴棋书画、戏曲杂耍中陶冶性情，享受生活。正如他为自己所作的《自为墓志铭》所描述的：“少为纨绔子弟，极爱繁华，好精舍，好美婢，好娈童，好鲜衣，好美食，好骏马，好华灯，好烟火，好梨园，好鼓吹，好古董，好花鸟，兼以茶淫橘虐，书蠹诗魔。”

明朝灭亡之后，张岱归隐山中，从此不入仕途。他晚年生活穷困潦倒，落魄不堪，“所存者，破床碎几，折鼎病琴，与残书数帙，缺砚一方而已。布衣蔬食，常至断炊”。不过他一直坚持著书，著作颇多，有《陶庵梦忆》《西湖梦寻》《石匮书》《石匮书后集》《夜航船》《三不朽图赞》《公祭祁夫人文》等。其文笔清新别致，圆美流转，谈文说艺，见解独到。

在这篇《与包严介》中，张岱就谈到了自己对于诗画关系的认识。开篇即以富人石崇比喻朋友包严介，以自己比拟家贫的范丹，说明包严介的诗作比自己的华丽。然后又以看到的《画诗楼诗》引出话题，谈论诗与画的关系。自从苏轼评论王维的诗歌是“诗中有画，画中有诗”，千百年来，无数文人墨客常常会引用此话来评价一些富有画境的诗句，甚至走向偏执，以为如画之诗便是好诗，如诗之画便是好画。的确，在王维那些恬静清朴、空灵清新的诗句中，人们往往能兼得诗画之妙。那么，如画之诗和如诗之画一定就是上乘的佳作吗？张岱对于诗画的分别有自己独到的见解。他认为“若以有诗句之画作画，画不能佳；以有画意之诗为诗，诗必不妙”，可以入画的诗好似“眼中金银屑”，虽是极贵重的东西，到底扎眼；画画如小李将军那般精心细描，工巧繁缛，过于写实，难免板滞，不如元人的画，在依稀点染之间便有生气。因此，诗要空灵，画要奇趣。

张岱以简洁的叙述，让人们认识到了诗画之间的区别，但也不能走向另一个极端，以为诗与画之间毫无干系，要彻底区别才是好诗、好画。历来题画诗和以诗作画也不乏佳作，重要的是不拘泥于一端，不让已有的诗歌和画作限制思维，而要在它们的启发之下独抒胸臆，另有创见。